CEREAL

TRAVEL & STYLE

主　　编 Rosa Park
创意总监 Rich Stapleton
文字编辑 Richard Aslan

策划编辑 王菲菲 唐颖
责任编辑 唐颖
营销编辑 胡奕

译　　者 张晓敏
装帧设计 申晓声
封面摄影 Justin Chung

cerealchina
谷物 CEREAL

图书在版编目（CIP）数据

谷物 . 2, 深陷温柔生活 / 英国 Cereal 编辑部编著; 张晓敏译 . -- 北京：中信出版社，2016.4（2024.7 重印）
书名原文：Cereal 10
ISBN 978-7-5086-6047-9

Ⅰ . ①谷… Ⅱ . ①英… ②张… Ⅲ . ①游记-作品集-英国-现代 Ⅳ . ① I561.65

中国版本图书馆 CIP 数据核字（2016）第 062925 号

谷物 .2，深陷温柔生活

编　　著：英国 Cereal 编辑部
译　　者：张晓敏
出版发行：中信出版集团股份有限公司
　　　　（北京市朝阳区东三环北路 27 号嘉铭中心　邮编　100020）
承 印 者：北京利丰雅高长城印刷有限公司

开　　本：889mm × 1194mm　1/16　　印　　张：10　　字　　数：97 千字
版　　次：2016 年 4 月第 1 版　　印　　次：2024 年 7 月第 23 次印刷
书　　号：ISBN 978-7-5086-6047-9
定　　价：68.00 元

序

我发现加利福尼亚是个很容易令人爱上的地方。它充满传奇色彩且形态各异的自然美景，终年舒适宜人的气候，以及极其悠闲的生活方式，都让这个“黄金之州”在我心中长久以来占据着一个特别的位置。我也常许诺自己，总有一天会搬到那里住。近年来，我对加州玫瑰色的印象愈加强烈，虽然也经常怀疑这种感觉是否单纯由于我现在身居远在8000多公里外、阴雨绵绵的英格兰所致。或许距离的确会令内心的渴望增强。接下来在圣塔芭芭拉、太浩湖或者旧金山的停留，会打消我对加州溢美过头的期待吗？这正是我2015年4月回到旧金山时萦绕在脑海中的思绪之一，彼时我们即将开始在北加利福尼亚的探险，随后才有了这一本《谷物》的诞生。

就在我们驶入具有历史意义的加州1号公路，向大瑟尔前进，疾速掠过长满草莓和洋蓟的田地，经过覆盖着淡粉色石兰花以及香草丛林的土地的时候，那些转瞬即逝的疑虑立刻杳无踪迹。柏油公路沿着圣塔露西亚山脉（Santa Lucia Mountains）没入太平洋处的130多公里海岸线蜿蜒伸展，在这条道路上疾行，我震撼于大瑟尔以及在我们面前逐渐展开的太平洋的宏伟壮景。此后是一次穿越纳帕（Napa）和索诺玛（Sonoma）的关于葡萄酒的旅行。在这里，棕榈树和浅灰蓝色的天空如相框一般将葡萄园的完美无瑕呈现出来。对此，没有什么比托马斯·洛夫·皮科克所观察到的“葡萄的汁液是日光浓缩成的精华”更确切的表述了。在索诺玛县詹纳（Jenner）这样的城镇，沐浴在加利福尼亚彩虹色的阳光下的葡萄藤闪烁着光芒，向海那边倾斜蔓延。这里也是俄罗斯河注入大洋的地方。正是在这里，在一家名为“River's End”的山顶小餐厅，我邂逅了我曾见过的最如画般的日落之一：一条用深红和焦赭色笔触描绘的地平线。

当我们在约塞米蒂国家公园登上半屏岩和船长峰——全世界最大的露天花岗岩巨石高耸的尖顶时，类似的敬畏感再度苏醒。沿着千年水杉林徒步，我想象着伟大的博物学者约翰·缪尔从前走在同样的路线上时定然感受过的那种惊叹。为了下次来之前能准备更充分些，我还买下了他影响深远的著作——《优山美地》。因为，是的，我还会再回来。

编辑这本《谷物》的过程让我重新确认了自己对加利福尼亚的热爱，希望这篇文字也能带给你同样温暖的感受。

Rosa Park

目录

北加利福尼亚，美国

安特卫普，比利时

插曲

巴 拿 马 城，巴 拿 马

别 册《 周 末 · 自 我 》

撰 稿 人

Adrienne Pitts

Alison Elwin

Anders Schonnemann

A. H. Lee

Carmen Chan

Chaney Kwak

Charlie Lee-Potter

Finn Beales

Jonathan Gregson

Justin Chung

Justin H. Min

Kate Holstein

Lilli Millhiser

Lily Le Brun

Line Klein

Lucy Brook

Mark Sanders

Nathalie Schwer

Sean Hotchkiss

Toby Mitchell

北加利福尼亚，美国

N. CALIFORNIA

USA

37°46’52.13”N 122°25’8.67”W

大瑟尔

加利福尼亚之梦

文字：*Sean Hotchkiss*　摄影：*Finn Beales*

大瑟尔轻灵缥缈的气质使其在20世纪成为创意人士的“避难所”。艺术家、作家、隐士、思想家——他们都来这里暂避社会的枷锁。

大瑟尔以并不寻常的方式存在着，没有人确切知道它从哪里开始，又在哪里结束。据称，它长达145公里左右的海岸线由蒙特利县南边的卡梅尔河延伸到加利福尼亚北部海岸圣路易斯-奥比斯波县的圣·卡波佛溪为止。没有中心城镇，没有主干道。在它广袤的区域内，你停留的每一分钟都带有柔软且如梦似幻的特质，而随着你下一分钟往北向湾区和即将到来的现实世界加速行进，这种感觉便会开始变得坚硬而碎裂。大瑟尔是一支梦幻曲。颇为合拍的是，我初次到这里时正在睡梦中。

我们是从圣迭哥开车来的。我和两个得克萨斯的朋友。当时，我在汽车后座被“停车”的叫声吵醒——这也是我们行驶在蒙特利海岸这特别的一段延伸区域时屡见不鲜的遭遇了，因为越往后，风景似乎越好。由此，我也开始熟悉能到西部这块地方旅行的幸运儿们的这种“仪式”。我们住在1号公路森林边浓荫遮蔽的小屋里，仅靠速冻比萨、加油站咖啡和太平洋岸边林立的果树上成熟的水果度过了两天。我们开着车，沿着如蛇般委蛇伸展的1号高速公路数小时地行驶着，只有在买零食、加油或者上厕所时才停一会儿，之后，我又会轻轻坠入梦乡，再在下一次“停车”的呼叫声中醒来。随后又是悬崖边美妙的数分钟，凝视着身下暗流汹涌而律动的海洋，我胸口的起伏从短跑冲刺变成了跨栏。

在大瑟尔开始新的一天，只有唯一一种方式，那便是伴随着无声的日出。如果足够幸运，你将会遇到一个绝佳的早晨：浓雾卷走了悬崖下拍击着的“盐潮”，并将大部分山峦吞没，悬浮在你身边如同拥抱着你。大雾随时有可能消失不见，留给你闪烁的布满岩石的海滨、耀眼的日光，以及长满苔藓的悬崖峭壁。空气中会是甜蜜（如同下面海滩上海藻和泡沫的味道）且芬芳（如同你脚边生长的桉树和鼠尾草的味道）的气味。在你身边，亲爱的游客们会聚在一起一动不动充满敬意地观察这一切。没有一个人说话。随着太阳从海面浮现，一丝悲伤悄然而至。你知道这一天接下来不会再有如此美丽情景了。尽管路边小摊的烧烤架

◀◀◀

上会腾起烟雾，叫声低沉的海象栖居在岩石密布的半岛，弯曲的小径上细细的沙子会留在你的运动鞋里，但没有什么比得上这场日出。至少对我而言是这样。幸运的是，这个圆滚滚、橙黄色的半球将会在傍晚又沉入太平洋。这是最后的烟火。

大瑟尔轻灵缥缈的气质使其在20世纪成为创意人士的“避难所”，艺术家、作家、隐士、思想家——他们都来这里暂避社会的枷锁。罗宾逊·杰弗斯的诗歌和亨利·米勒的《大瑟尔》可能是最好的捕捉到了某些问题的作品，即当面对如此压倒一切（且具有潜在的社会挑战性）的自然美景时，人们一定会问自己的那些问题。

大瑟尔会孕育出独绝而超然的作品，这是肯定的，但米勒所表述的遥远的感觉也让这儿成为孕育浪漫的理想之地。在这些山顶站立几个十亿分之一秒，周围被高耸入云的松树围绕，不可能不去设想这个地方的形成不是为了向爱情致敬（且从属于爱情）。一定有很多对爱侣在这些高高的悬崖之上度过了某个夜晚，聆听着海浪在崖下撞击的声响，沐浴在星光中，感觉如此远离他们抛在身后的那个世界，即便仅仅只有一个晚上。我也曾在这里经历过那种爱恋。去年一月的一趟大瑟尔的旅行尤其苦乐参半，彼时，我正处于一段我无法割舍的感情最后的日子，情绪极度紧绷。我们夜里很晚才从洛杉矶出发，然后在清晨五点三十分顽强地爬起来去赶日出。当黎明前的光芒四射如同涅槃一般时，我给她拍了张照片，将它命名为“2015年的第一次公路旅行”。这也是我们最后的旅行。相片里，她转过身朝向我，双手插在口袋里，被低浮的云层环绕，她的脸上似乎将要掠过一丝笑容。就像在大瑟尔的所有时刻，这一瞬间也是稍纵即逝、恍惚迷醉，不为外界存在的。永远陷于此地，这个神奇的所在。■

酒店 Post Ranch Inn

本页图　**酒店海景房**
上页图　**酒店所属Sierra Mar餐厅**

postranchinn.com

24 小时

旧金山与奥克兰简易指南

文字：*Justin H. Min*　摄影：*Rich Stapleton & Justin Chung*

SIGHTGLASS

在特调咖啡领域浸淫数年之后，贾斯廷·莫里森（Justin Morrison）和杰拉德·莫里森（Jerad Morrison）两兄弟在2011年合伙开办了这家咖啡馆。旗舰店位于旧金山高度发达的南市场（SoMA）文化区，650平方米的空间是公司的总部、咖啡烘焙房以及咖啡吧的所在地。

之后，他们又在其他地方开设了分店，包括传教区（Mission District）以及轮渡站内。在明亮且引人注目的传教区分店里，用老红木搭建的天花板以及复杂精致的瓷砖地板是其特色。

地址：*3014 20th Street, San Francisco, CA 94110*

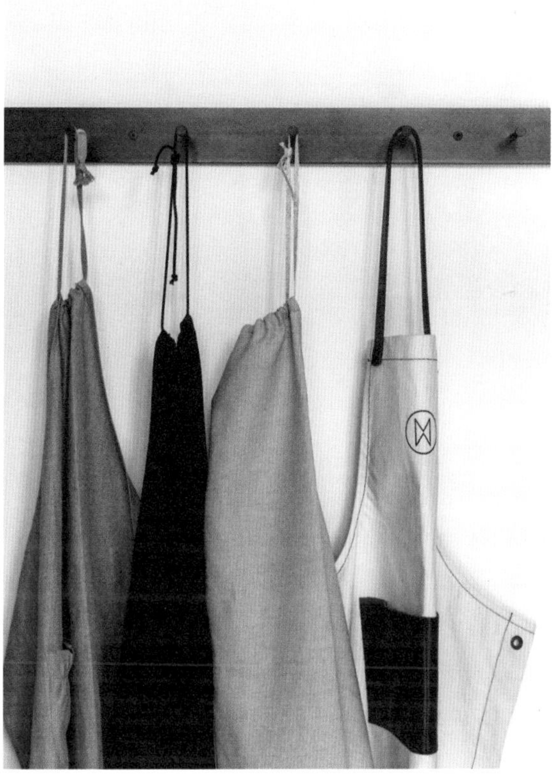

MARCH

这家店在2003年开始向太平洋高地（Pacific Heights）的顾客开放，供应各类装饰厨房、橱柜及餐桌所需的高品质物件。March家居店开办的灵感来源于旧金山的美食文化以及卡丽·梅·史密斯（Carrie Mae Smith）的绘画，老板萨姆·汉密尔顿（Sam Hamilton）希望通过这个一尘不染的商店里的每一件物品传达一种历史感，并在这个空间内进行艺术品展览。随着AGA厨具的安装完毕，店内也开始供应家常晚餐了。

地址：*3075 Sacramento Street, San Francisco, CA 94115*

BOOK/SHOP

一直以来被视作电商的Book/Shop书店，2013年在奥克兰塔马斯河街（Temescal Alley）开设了实体店，并迅速成为爱书者的天堂。除了提供珍藏版图书、古董家具和古怪的艺术品，这家书店每隔几周都会挑选80到100册绝版书供读者们查询和阅读。这里的每一平方米都充满了对所有与阅读的艺术有关的事物的惊叹和欣赏。

地址：*482 D 49th Street, Oakland, CA 94609*

BAR TARTINE

位于传教区繁华的“美食街”——瓦伦西亚街（Valencia Street），由尼克·巴拉（Nick Balla）和科特尼·伯恩斯（Cortney Burns）共同掌勺的Bar Tartine餐厅，拥有令其引以为荣的电子菜单。菜色的灵感来源于日本、匈牙利、中东及挪威的特色菜肴。这家餐厅是Tartine面包房的姐妹餐厅，它在菜品口味上不断改进，并采用本地当季的最优农产品。这里的许多配料都是自制的，包括陈乳酪、香料、日本酒曲和腌金枪鱼卵。餐厅许多标志性的菜品都是由这些原料烹调而成，例如加了杏仁的冰镇酸梅汤，以及吐司生牛肉配吞拿鱼酱和牛肉干。

地址：*561 Valencia Street, San Francisco, CA 94103*

SONG TEA & CERAMICS

白墙、水泥地面和暖色的枫叶，充实了这家位于萨特街（Sutter Street）的茶店内低调的画廊和品茶室。店内的茶品由店主彼得·梁（Peter Luong）从中国精心挑选的传统的、稀有的实验性茶组成，它们绝妙的口感同来自世界各地的工艺大师们手工制作的陶制茶具完美搭配在一起。

地址：*2120 Sutter Street, San Francisco, CA 94115*

MILL MERCANTILE

店内出售的服装、家居用品和配饰都经过精心挑选。商店成立于2012年，出售的商品主要来自男装品牌Unionmade对应的女装产品线。这家位于诺亚谷（Noe Valley）的精品店也以其汇集的国际品牌而闻名。这里出售的单品来源远达日本、法国和芬兰，在这里，你可以找到最完美的Chimala牛仔裤，一件挺括的MHL衬衫，一枚引人注目的里见川北戒指，以及一个经典的Sir Madam水壶。它们全在一个屋檐下。

地址：*3751 24th Street, San Francisco, CA 94124*

传 统 牛 仔

李 维 · 斯 特 劳 斯 简 史

HERITAGE DENIM

A HISTORY OF LEVI STRAUSS

文字：*Chaney Kwak* 摄影：*Justin Chung*
模特：*James Smith at Wilhelmina* 造型：*Lilli Millhiser*
工作室：*Drift* 发型与化妆：*Mark at Judy Casey*
后期处理：*Spencer Wells* 助理：*True O'Neil*

我曾在德国巴伐利亚州的旅途上意外停在了布滕海姆（Buttenheim）。它是弹出式故事书中常常模仿的那种中世纪小镇。我那时参观过的一幢蓝白色的木造的房子，如今已变成一座小型博物馆，以此纪念一个在此出生和成长的人。他人生的性格形成期，从1829年到1847年，都在这个风景如画的德国小镇度过。在离开这里后，他远行至自己所能去的最西边的地方，先是纽约，最终抵达旧金山。之后，他将会永远改变人们穿衣的方式。他的名字叫李维·斯特劳斯。

李维·斯特劳斯公司（Levi Strauss & Co，简称Levi's，即李维斯）将总部设在了旧金山的心脏地带，这里同它的创始人平凡的故乡截然不同。在高耸的中庭，沐浴在加利福尼亚的阳光里，我浏览着玻璃橱窗内展示的一系列旧牛仔：从一条破破烂烂的用来拖过汽车的牛仔裤，到装饰着汽水瓶盖和小饰品的亮闪闪的牛仔外套。这里就是李维斯的“数据库”，公司的展示大厅，也是关于这家制衣巨头发展历史的速成课堂。这里展示着淘金热时代的粗布工作服，二战士兵身穿牛仔服的照片，以及名流们穿过的牛仔裤。这个小小的玻璃陈列柜或许至多能算得上是对这个国家的历史的致敬，但牛仔的故事却是同美利坚合众国，同西部地区，尤其是旧金山的现代历史纠缠在一起的。一条由移民的血汗苦力制作的牛仔裤，随着时代的变化不断被重新改造，后来又出口到全世界，还有什么比这条普通的工装裤更能概括旧金山——这个曾经杂乱好斗的城市的精神特质？

保罗·奥尼尔（Paul O'Neill），李维斯古着部的设计总监，负责将已被存入档案室里的早期设计“复活”。每年从档案中两万多件年代久远的衣物中挑选一小部分，奥尼尔一针一线、一个铆钉一个铆钉地使那些已被归于记忆的服装复苏过来。“当下的时尚潮流并不会对我们选制李维斯古着服装造成影响。”奥尼尔解释，在他决定复刻某一件衣物时，会非常努力去忽略当下的潮流，“我们一直在发掘美国的历史，从中寻找一些新的故事去讲述”。

当我离开李维斯大楼的时候，我看到了科伊特塔，一座64米高且细长的装饰派艺术风格的纪念碑，周围被四四方方的双层住宅环绕。然后，我踏上榛树街（Filbert Street），这条街坡度太陡，以至于在某一点它干脆放弃了，变成木质台阶，鱼鳞般地依偎着科伊特塔。台阶在扭曲多节的树木遮盖下沿“之”字形向上，经过空气中布满金银花气味的露台花园，远在街巷的喧嚣之上，入耳的唯一声响来自一群在这里安家的野生鹦鹉。同大多数旧金山人一样，这些红面长尾小鹦鹉也是从其他地方来的移民的后代，源于安第斯山，很可能是从前被作为宠物带到这个城市，随后又被放生。

从塔顶远眺，常见的雾气又开始滚滚而入，我看见旧金山在雾中闪着微光。神秘莫测的泛美金字塔高耸入半透明的天幕，两旁是不知名的灰色摩天大楼。我用一只手将它们遮住，手掌正下方是色调柔和的可以追溯到20世纪晚期的维多利亚风格的房屋。然后我想起了奥尼尔关于挖掘历史去讲新的故事的那些话。面向历史去创造一个全新的故事，听起来像是一种矛盾的修辞——特别是在这个因科技而兴盛起来的城市，年轻的劳动人口都投身于制造最新最炫目的数码产品——但俯视这座如同毛毯一样在我眼前展开的城市，他的言论合情合理。从Muwekma Ohlone人（生活在旧金山的印第安土著）的交易栈到西班牙人的传教地，从淘金热的口岸到科技中心，这座城市经历了漫长的路程。除去它超现代科技大都市的外表，旧金山骨子里仍是一座传统的城市。■

CLOTHING XX

Remington
QUIET-RITER
SCRIBE.

自我

ego

周末

WEEK | END

别册

机器人的心肠

by Richard Aslan

RICHARD ASLAN

作家、编辑和项目策划人。

他对人们体验世界的各种不同的方式，以及这种方式是如何影响我们的行动和生活的话题很感兴趣。

这个机器人的肚子是白色的，平凡无奇。寒冷的空气中，她前臂的汗毛竖了起来，虹膜一张一缩调整着它们的孔径，试图计算一段向外的回路的距离。敞开的大门里，光线直直地射出来。“删除”。她一边把毛衣拉紧了些，一边在她记忆中搜寻这个词语此刻新的含义。谣言、绯闻、一种压力，好像开始偏头痛，一扇活板门，仿佛要从她身下摆脱出去。“机器”。门关上时她并没有注意。“无私无我”（A Selfless Unselfing）。一个总统爱人同炮火的故事标题。有这样一种人：他们将徽章当成虚荣而拒绝，星期六说方言，同无声的群体坐在无声的房间里长达数日。一声低语缓缓出现，一阵潮水。“当你把自我从自私中剔除会怎样？”一种震动，一次闪烁，一块草坪边缘与停车场之间的碎石小径。母亲走了。黑头海鸥悬在空中，仿佛停在电线上。

男人年过五十了，头顶和下巴上都是一律的银茬。他的牛仔裤非常干净，有些发白，粉色运动衫的袖子一直垂到他手指的第二根关节。她将装满意大利面、番茄、油和止痛药的塑料袋抓紧，屏住呼吸，挤到了他前面。那时候是四月底。同一个早晨，厚得不成样子的雪花落到了已经缀满雏菊的草坪上。他灰色的眼睛瞥了一眼她。他赤着双脚，在河的对岸。横在他们之间的急促的水流在她脑海里无意识的膨胀着，舌尖越来越痒。他是第一次。很长一段时间都没有其他人。“他们要去哪里呢？”她感到奇怪。然后，过了很久，当街上似乎已经不再那么拥挤了之后，“他们在夜里把自己藏在哪里了呢？”首先是瑞士，泰国，新西兰，俄勒冈，日本。她在巴尔的摩的侄子没有任何消息。餐桌上的纸条是有一天她下班回家后发现的。她的笔追随着字母一遍遍描摹着，直到笔尖把纸张划破。

他们最先接管了老银行，所以她朝相反的联合大街走去。然后是支路旁的办公楼，她可以透过厨房玻璃看到它，所以她拉上了百叶窗。没有灯光。他们睡了吗？她想象着他们在黑暗中彼此低语。他们现在有什么话说，都说出来了吗？这种不可思议的新的人性在一天早上出现，在电话亭和公共图书馆的入口之间，飘走的垃圾拂过她灰色的皮肤，皮肤下是电线做成的血管。“机器”，张嘴质疑着。她改变了上班的路线，将办公桌换成了远离窗户的一张。足够的空桌子可以选择。那条穿过围着脚手架的法院旁的地下通道的路线会更长一些。

所以她把闹钟提前了10分钟。晚上在餐桌前，荧光灯闪烁着，裂口的茶壶里是寡淡的茶水。她不再阅读报纸，无论如何要去海边（票已经买好）。这是一个错误。房间太大了。海潮涌入。她做好的饭菜变得没有滋味。面条，大豆，芝麻油。荧光灯闪烁着，再读一遍书，查阅相片，在免费报纸边缘的旧信封上一遍又一遍签上她的名字。

“她的笔追随着字母一遍遍描摹着，

直到笔尖把纸张划破。”

走出电梯，从右边穿过大厅，过马路来到福音教堂门前。她无法完全避开它们。这种感觉来得如此突然，即使现在仍是夏天，落叶被风吹落在路上飘移。这一年所有的生日都被取消了。转角的地方，棕色的玻璃挡住了她的去路。出现了一块从前没有的休息区。她停住脚步。一直都是像这样的吗？她一步步进入了它的阴影，留下一张纸条。她的手指在口袋里揉搓着一块废纸巾。没时间了。也许这样做最好。她走了过去。“机器”。一只手放在它鼓囊囊的皮肤上，大口的吞咽着阳光，沿着身边一条布满薯片包装袋和去年的橡果壳的小路走过去。她的名字签在发黄的收据上，每一句话，每一张照片，每一个微笑。潮水上涨，没过了她的脚趾，一个声音在叫她的名字。门开了。她只需要走进去。

自我：
采访佩妮·马丁

by Charlie Lee-Potter

CHARLIE LEE-POTTER
英国主持人、记者和学者。她主持过很多BBC广播、电视节目，也为全国性的报纸和杂志供稿。
她关于“9·11”后社会演变的小说将于2016年由布鲁姆斯伯里出版社出版。

当我来到《The Gentlewoman》杂志在伦敦中心区的办公楼，准备同其主编佩妮·马丁（Penny Martin，简称PM）讨论“自我”（ego）这个话题时，刚到门口就被提醒要放下自我。“你好。”我朝对讲机说，“我是来采访佩妮·马丁的。”一个年轻的男人开了大门。“你来早了。”他敷衍回答，“可以请你在约定的采访时间到了之后再过来吗？”我绕着这栋大楼来回走了两趟，我的超我提醒自我，我的本我（想要逃离室外的暴风）太毛躁了。我看着手表倒数计时，然后再次按响了对讲机。这一次我被获准进入。

我将身体小心移过昏暗的堆放着自行车的走廊，然后被引进了一间得体的办公室，外面马路上的车流传来的噪音充斥着整个房间。我先前所受到的冷遇在佩妮·马丁本人的热情接待之下立刻烟消云散了。她敏捷的思维和清晰的谈吐正符合人们对一个前学院派人物的期待。然而她敏锐的智识却伴随着最容易让人放松戒备的坦率和无矫饰。她创办了一份旨在通过长时间的采访“宣扬有想法、有品味的现代女性”的杂志，同意并接受了这种漫长且高强度采访的人包括珍妮弗·伊根（Jennifer Egan），安杰拉·兰斯伯里（Angela Lansbury），法蒂玛·布托（Fatima Bhutto），小野洋子和苏珊·萨兰登（Susan Sarandon）。我突然想到，佩妮·马丁要在杂志中宣扬的“有想法和品味”正是她自己所具有的特征。考虑到她本人明显的无矫饰、不虚荣，我问她，“自我”一词对她而言是什么意思。

PM:“自我”已经成了一个贬义词。我丈夫对他自己喜欢的很“自我”的人有一种很不错的描述方式，他常常会说“他们是自己的主人”。我想那就是我看待“自我”的方式。它有种个人身份的意味，而非攻击他人自命不凡或举止糟糕的工具。坦诚地说，我们从事的这个行业的确助长了人们自以为是的心理，但我认为那和你自己的身份感或自我感是不同的东西。

《谷物》：对那些富有创造力的女性，或者那些取得巨大成就的女性而言，假如没有强烈的自我、身份或个性意识，她们能够成功吗？

PM: 吸引我的那些人确实都具有很强的自我意识。但前提是我们谈论的并不是那种嚣张跋扈、自以为是、贪得无厌的人。暂且不提这个。那么女性必须具备强烈的自我才能获得创造力吗？是的，很可能是这样。但许多杂志都心照不宣地在那些女性身上加上一丝柔情，就是为了表明“她还是你喜爱的那一类人”。这么做似乎预先假定了读者不会喜欢那种个性强烈的人。我觉得强大的自我就好像是一种意识形态。你需要锚定在某个地方，当你觉得有点不从心时，就回到那里。那个地方就是你的核心价值所在，但那也会是个非常荒凉的世界，你必须下定决心且坚持不懈。这也需要很多的自我信仰。

《谷物》：维维安·韦斯特伍德(Vivienne Westwood)在接受德博拉·奥尔(Deborah Orr)采访的时候，有时显得很难对付，争强好胜，甚至略带无聊。她表现出了一种似乎来自于她的成功的权利感。在展现采访对象的自我方面，有没有什么特别的技巧？

PM：是的，她可以这么做。而且她的确有某种说教的倾向——这是她的发声方式——但我认为那是因为她小学教师的出身。是的，她的确会站在某个道德制高点上，但媒体太喜欢打压她与众不同的激进倾向了。她大概想着可以让那些想要诋毁她的人尴尬，或者捍卫她的言论中最核心处的那份怪异。但有时她也可以从这种立场中走出来。我们给了她一个平台，尽管她有某种程度的浮夸，但很多时候她都是对的，而且，天哪，这是她应得的。你对你选择采访的人物负有某种责任，因为一点细微的差别就能让他们变得耸人听闻。有时候，你得到了一些别人对这些女性的评价，你可以听得出她们的朋友们对她们的成功是有些冷嘲热讽的。是否要让这些信息见诸报端，你真的要做出非常慎重的选择。因为成功的女性范本如此少见，你必须要有一点偏向。我认为这是我们的某种政治立场。并不是我们在篡改这些人物，而是要保证，一旦她们将自己交到我们手上，我们就要非常小心地去呈现她们以及她们的声音和自我。

《谷物》："无私"一词经常用来形容女性，尤其是那些步入中年并将童年时期的自我抛在身后的女性。对此你怎样理解？

PM：要保证我们的声音能被重视。过去的20年里，女性的出版物猛然变得异常视觉化，以至于有时候会有种好像女性已经失声了的感觉。在我们创办这份杂志时，很多男性同事都说"天哪，你采访的那些女人们都对她们的工作严肃得不行"。我说："是的，但你要知道她们步入职场才不过五十年，这是确立她们身份的至关重要的部分。"她们决不允许人们将这个部分从自己身边夺走，因为她们才刚刚走到这一步。但你也要让她们的语气不至于因为过头而显得冷面无情或者一本正经。从这个层面来说，视觉表现是很有用的，它能让人看上去既俏皮又认真。摄影师基斯·阿纳特(Keith Arnatt)曾形容某些事情"seriously funny"(非常有趣)，我认为那就是我们希望有的调调。我们把大部分力气花在让她们看

“我觉得强大的自我就好像是一种意识形态。

你需要锚定在某个地方，

当你觉得有点力不从心时，就回到那里。”

起来足够开放，并以此暗示她们已经取得了成功，而非仅仅为她们感到开心和松了一口气，因为她们最后终于取得了成功。

《谷物》：你认为蒂尔达·斯文顿（Tilda Swinton）是达到这种艰难的平衡的一个范例吗？她并不一定要通过事业来表现自己，因为她已经“达到”了，但当她说她不想再拍更多的电影因为她已经“拍过了”的时候，这会惹恼那些仍然生活在家务琐事中的女性们。

PM：可怜的蒂尔达·斯文顿！把普通女人的责任加在她身上实在太过分了，因为她完全不是什么普通女人。但要受媒体欢迎，这真的是一些女性的雷区。有努力得不行的安妮·海瑟薇（Anne Hathaway），然后也有像朱迪·穆雷（Judy Murray）这样完全不受大众欢迎的女性，而假如有谁愿意费点心去了解的话，会发现她实际上是一个轻言细语、笑容明朗的人。还有格温妮丝·帕特洛（Gwyneth Paltrow）这样的人——为什么会这样？我觉得我们有责任给像这样的一些人一个机会，去展示她们潜在的一面，而不让她们觉得自己有多大的义务去做出妥协。

《谷物》：你自己也这样妥协过吗？或者说，和从前比，你的自我有过改变吗？

PM：我是苏格兰人，所以个性具有很强的政治色彩。加上又出生在20世纪80年代，所以更了解女孩们成长的艰难——我就是在这样的想法中长大的。在我十几岁时，社会失业率很高，我觉得未来的生活会是一场严峻的挑战。当时我在圣安德鲁斯的一所综合性学校读初中，可以说我们是最早的一代醉心于工作的女性，将工作视作确立个人身份和自我的途径。我有一种"事业就是一切"的感觉，是现实生活中的佩吉·奥尔森（Peggy Olson，美剧《广告狂人》中的角色）。我的妈妈是一个教师，也是单身母亲。她担心我的兄弟们和我都只有一次免费接受教育的机会。我吃的是学校的免费餐，家里的经济状况很拮据，所以很可能我觉得自己承受了很大的压力。我非常害怕。但有时候我也会怀疑那些记忆是否是自己杜撰出来的幻觉，因为当我和中学时的朋友们联系时，他们似乎并没有这样的感觉。青少年时期我是非常焦虑的，但当我走出学校进入时尚业时，因为同时承受了巨大的丧亲之痛，那段时间，我觉得有责任为了那个人去过某种双重的生活——更非凡也更多快乐的生活。我想正是因为工作中的这种转变，我变得更加轻松，也更加阳光了。

《谷物》：你以采访他人为生，但在接受有关自己的采访时有没有担心过会暴露自己的自我和人格？

PM：有的时候我太过于有问必答了。有时看自己的讲话视频，觉得自己太口无遮拦了。从某种意义上来说，我看到的是我自己，但是是在扮演编辑角色的我。我尽了110%的力，但正是这种过度表现反过来保护了我。过去常有一种女性化的讲话方式，即女性觉得她们不应该太卖弄学问。但我却在言谈之中四处开火，有时我觉得应该多掩饰一点。人们希望编辑们凶神恶煞一些，他们需要那种能量，但我并没能真正掌握那种平衡。事实上，你投射给他人一些善意的阳光，它们又返照回来被自己感觉到，这样会更有益。

江 华 岛

by A.H. Lee

ANNIE H.LEE
职业是一名律师，但内心是一位作家。
她目前住在纽约市，出版过诗歌以及一本关于美国青少年用语的书籍，
是一部获奖电影短片的编剧之一，也为法律和生活类杂志撰稿。

你将我们从一个房间带往另一个房间
带我们游览这个仅仅是你想象出来的房子
现在完全建好，每一扇窗每一片瓦都朝着你的方向
它伫立着等待将你迎入第二个场景

“我把最好的留在了后面。”你说，在起居室里停了下来
你指向天花板
它是一面拱顶，长条的暗色木梁交错在头顶
我从未见过类似的东西，如此古朴庄严
它让我想要躺在壁炉旁倾听夏日的蝉鸣
“喜欢吗？”你紧张地问我
你还没问过你的丈夫、你的孩子或者你其他任何一个孙子
——只有我
然而只有十几岁的我能做的仅仅是一个拥抱和一句满不在乎的，
“什么，这是？”
在我背对你躲进厨房之前

我不会知道三年之后，你的骨灰将会被撒在后院
或者你理想的家园将会被杂草和齐胸高的植物所环绕
你的那本《尤利西斯》，在壁炉上覆满尘埃
你心爱的拱顶被蛛网所亵渎

我不知道我永远也不会有机会告诉你这个事实
或者尽管数十年过去了所有的记忆都变得模糊
我仍然记得那天你明亮的眼睛如何变得暗淡
在刚着色的木梁天花板下面

加利福尼亚的葡萄园

Scribe酒庄的现代酿酒术

CALIFORNIAN VITICULTURE

MODERN WINEMAKING WITH SCRIBE

文字：*Chaney Kwak*　摄影：*Rich Stapleton*

无论加利福尼亚“葡萄酒之乡”的称号会让你产生怎样的刻板印象——也许是你父母那辈人喝得醉醺醺的，摇摇晃晃地从一个空气混浊的品酒室转向另一个，配备的酒侍也都是些势利眼——都统统忘了吧。当你来到Scribe，这个位于索诺玛县、挑战一切制酒规则的葡萄酒庄园，你会发现一幅全然迥异的图景。瘦长的棕榈树高过浸满阳光的小山丘，山丘上排列着一行行正待成熟的葡萄，这些都毫无疑问地证明你正身处加利福尼亚州。饱经风霜的庄园点缀在土地上，它们中的一些拥有比加州更久远的历史。在这里，你可能会碰巧撞上一次由像Bar Tartine一样的餐厅的主厨掌勺的晚宴，或者一场投影在白墙上的电影。安德鲁·马里亚尼（Andrew Mariani），Scribe酒庄背后的两兄弟之一，正是一副现代乡绅的样子——格子图案的衣服显得很随性，言语间又健谈如诗人。他开着车身凹陷的雪佛兰Silverado在酿酒厂未经铺砌的路面上行驶，向《谷物》讲述了对这份事业长达八年的热诚、经历和展望。

创办Scribe酒庄的灵感来源是什么？

大学的时候，我和我的兄弟Adam都对种植葡萄产生了兴趣，而我的主修专业又是国际贸易和酿酒。毕业后，在欧洲酿酒厂工作了一段时间，八年前回到加利福尼亚，并和住在索诺玛的叔叔谈到开酒庄的事。我们在周围四处游览的时候偶然发现了一处建酒庄的理想之地，那里荒废破败，曾经是火鸡养殖场。后来才发现，它最初也是一个酒厂，被禁酒令终结了这段历史。我去图书馆想弄清它完整的历史，而随着我了解越多，对Scribe将要走的方向就更加清楚。比如，我们是最早在这片区域种植葡萄的人，并且选择的是雷司令（Riesling）和西万尼（Silvaner）这两种葡萄，而非现在这里越来越主流的黑皮诺（Pinot）和霞多丽（Chardonnay）。

历史是如何影响你做的事情的？

Scribe是一家相对新型的酿酒厂，但它所在的这片土地的历史，可以追溯到“西大荒”（The Wild West）时期。现在，这块地上仍留有三幢非常古老的建筑，其中包括我们的办公室、我住的地方，以及一座兴建于19世纪50年代的大庄园。我们正在整修这座庄园，打算将它作为品酒和进餐的地方。2007年是Scribe的诞生之年，整整12个月，我们几乎都在拆除带刺钩的钢丝栅栏和棚屋。那些日子真是至关重要。我发现了很多旧东西的历史，像瓶子、地基以及内置导水管的石墙，下雨的时候还会有水在里面流动。在拔除有毒的橡树和浆果灌木丛时，还发现了一些玻璃药瓶。在研究过这些瓶子后，我了解到19世纪80年代，有12个中国人曾在这个峡谷里生活过，那时候照料葡萄的正是他们，那些药瓶其实是鸦片罐。葡萄酒的酿造自然是起源于欧洲，但我们既然身处如此深植于加利福尼亚历史的地方，便让这段历史给予我们行动的灵感，而不是在世界其他什么地方找寻线索。

▶▶▶

SCRIBE.

◀◀◀

你会怎样形容Scribe的葡萄酒？

这里有深层火山土壤，近接海洋的微风。这片风土矿物质富集，含盐量高，空气清新。这里的环境清爽而明媚，从我们生产的葡萄酒中你也能感受到这一点。我们种植的西万尼在加州相当稀有，它特别具有生气，我也希望那种活力能贯穿我们所做的一切。

是什么让加利福尼亚的葡萄酒独树一帜呢？

我觉得“加利福尼亚葡萄酒”这一总称是否成立都很难说。我们可以说存在一种叫作“加利福尼亚风土”的事物吗？这个州还如此年轻——直到1850年才正式成为美利坚合众国的一部分——而且它的地域如此辽阔。这里的料理也是如此：采用当地应季的新鲜农产品在这里非常重要，然而在此之上，我们也在不断改进。我读了很多加利福尼亚的旧杂志，基本上都是在教人们如何在西部生活，而且受墨西哥的影响很大。很多人谈论地中海文化对加州菜品和酒的影响，但都别忘了，这里曾是墨西哥的一部分。我最近去墨西哥城的时候，在Contramar餐厅吃晚餐。这家餐厅真的很棒，所以我邀请了主厨加芙列拉·卡马拉（Gabriela Cámara）来酒庄。她在葡萄园里走了一圈，发现了一株老龙舌兰。她把它摘下来，剥下纤维外层弄干，和鱼、辣椒一起烹饪，又在做好的菜肴旁摆上龙舌兰刺，与2013年的霞多丽、雷司令和玫瑰葡萄酒一同端了上来。

作为葡萄酒商，食物于你而言有什么意义？

酿造葡萄酒看上去非常严肃，但说到底，我们只是种水果和发酵水果的农夫。葡萄酒不应该高高在上。我们将伴随它而来的一切赞美都归功于我们自己：绝佳的口感，美丽的环境，美妙的氛围。作为酒商，我们创造独一无二的事物。这是很奇妙的事情。我们将人们聚在一起交流和庆祝。我们努力赶走一切空谈，而供应简单实在的晚餐。一些人觉得我们只是年轻赶时髦——无法否认，我们很多时候也的确是这样——但无论什么时候在这里举行晚宴，我们都能看到小孩、老人，以及各种各样的特别是从旧金山来的人。任何人都能加入Scribe葡萄栽培社——品尝限量葡萄酒和参与活动的唯一门槛。

为什么社群在你们的事业中显得如此重要？

作为葡萄酒生产者，我发现最有价值的事情就是同那些品尝过最终成果的人们进行交流。当我开始启动这个项目的时候才24岁。那时候我非常着迷于如何建立一家酒厂，但也很幼稚且经验不足。我真的很喜欢学习，也希望分享我的进步。很多酒厂似乎想要将它们酒窖里真正发生的事情隐藏起来，但我想要尽可能地将这些透明化。我们这儿有很多学识广博的会员，向他们学习并付诸实验是很棒的事情。假装从第一天起就对一切了如指掌似乎太荒谬了。葡萄酒和食物正是交流和形成社群的途径，也是人类同世界互动的一种方式。我的兄弟和所有的员工对这个地方都饱含深情，并迫不及待地要分享我们正在做的事情。■

地址：2300 Napa Road, Sonoma, CA 95476

官网：SCRIBEWINERY.COM

约 塞 米 蒂 国 家 公 园

诗 意 的 自 然

YOSEMITE

POETIC NATURE

文字：*Richard Aslan*　摄影：*Jonathan Gregson*

宽阔的大街、半满的停车场以及明亮的广告牌下低矮的房屋从汽车后视镜里消失在我们身后。公路在黄褐色的山丘之间逶迤而上，矮小的灌木吸附着浮动的尘埃，稀稀疏疏的树苗向着圆形的顶峰蹒跚着进发。坡度更陡了，枯萎的野草轻触路面，树干如拳头一般将弯弯扭扭的树固定在危险的污垢里。更高的地方随着叶色变得深沉而斑斓，低语的树冠向阳光炙烤着的沥青路面倾斜。松树刺向被白蕾丝般的云朵装饰的蓝天。路边，嘶嘶的水膜破裂了，成为碧灰色泡沫一串，在花岗岩块上咚咚作响。形态大小各异的花岗岩仿佛陈列着的奇珍异兽的头骨。在一个弯道附近，坡度陡升，仿佛伸向了残缺的灰色巨牙。

现在，我们赤脚穿过一段悬挂在石头桥塔间的木质通道，脚下的河流在筋骨强健的岩床上澎湃奔涌。我们追随着流水，它渐渐变窄，成为黄沙之上快速移动的“绿玻璃”。一条宽绰的水径猛然泻下，仿佛一座垂直耸立的教堂。红棕色的横条纹在赭色之上，仿佛铜绿穿刺留下的铬绿色的干纹，又好像醒目的炮铜色翻滚在公牛皮上。远方高处一线磨损的银色，让山石墙壁显得暗淡，并向空气中散播着薄雾。在顶峰，树木悄悄把它们的“脚趾”挪进流动的岩石板块之间的缝隙。天空如擦拭过一般明净。稀薄的空气中弥漫着飞翔的梦想。在我敢接近的尽可能靠边缘的地方，我压着趾根摇晃着，一次，两次，幻想着将自己推向蓝色的苍穹，越过如褶皱的午夜蓝丝绒一般向地平线延伸的重峦叠嶂。

▶▶▶

◀◀◀

关于约塞米蒂国家公园

- 约塞米蒂国家公园位于加利福尼亚东部的中心地区，包含图奥勒米（Tuolumne）、马里波萨（Mariposa）和马德拉（Madera）三个县部分地区在内的3026平方公里的地域。

- 这一大片区域位于内华达山脉西侧，海拔从640米到4000米不等。最高点是莱伊尔峰（Mount Lyell）。

- 这座公园拥有长达1300公里的登山路径以及长达560公里的公路。

- 2014年，有超过400万游客来访。大部分人的活动范围从未离开过长约13公里的约塞米蒂谷，而这一区域的面积仅占整个公园景区的百分之一。2011年7月，约塞米蒂的日访问量接近21 000人。

- 由亚伯拉罕·林肯在1864年签署的约塞米蒂资助项目（Yosemite Grand），是美国首份将保护区设为公园的公文。它为美国的第一个国家公园——黄石国家公园在1872年的成立开辟了道路。

- 受到伐木和过度放牧的威胁，约塞米蒂在1906年交归联邦管辖，随后在1916年被归属到新成立的国家公园管理局进行管理。

- 公园95%的区域如今都被指定为约塞米蒂自然环境保护区，禁止商业开发、人为破坏，免于交通拥堵。

- 公园里有三片古红杉林：马里波萨林（Mariposa Grove，200株）、图奥勒米林（Tuolumne Grove，25株），以及默塞德林（Merced Grove，20株）。

▶▶▶

约塞米蒂的地形

内华达山脉是一块古老的岩浆岩，由于地质断层而从原先的位置裂开，在过去的400万年中逐渐向上翘起而成。这片景观主要由花岗岩构成，它们由固化的岩浆形成，同石英石和长石一起喷发而出。地壳深处持续的喷涌被阳光、风和雨水塑造成突进的悬崖，高耸的山峰和壮观的石拱。U形山谷、瀑布、冰碛和优美的高原是约塞米蒂经历过冰川期的证明。约塞米蒂尤其典型的是岩层剥落的过程，在巨大的地底压力之下形成的膨胀的花岗岩从地表层喷涌而出，造就了北穹顶（North Dome）、半屏岩（Half Dome）以及停云峰（Cloud's Rest）弯曲的形态。

安特卫普，比利时

A N T W E R P

B E L G I U M

51°13'10.0"N, 4°24'08.9"E

德赖斯·范诺顿的安特卫普

与范诺顿同游安特卫普城

ANTWERP BY DVN

A TOUR OF THE CITY WITH DRIES VAN NOTEN

文字：*Lily Le Brun* 摄影：*Rich Stapleton & Toby Mitchell*

上图 书店 Copyright Bookshop
下图 酒店 Hotel Julien

城市始终在改变，但在安特卫普这里，没有一条街道不唤起我强烈而愉悦的回忆。

想要把安特卫普城同德赖斯·范诺顿（Dries Van Noten）的生活和事业分开是完全不可能的。这位57岁的时装设计师在这里出生，直到现在也仍将安特卫普当作他的基地。他的父亲是安特卫普首家高级时装店的所有者之一，不仅如此，他名下的旗舰店Het Modepaleis，一幢前身是百货公司的五层楼房，让民族大街（Nationalestraat）变成了这座城市最别致的街区之一。范诺顿曾在安特卫普颇具声望的皇家美术学院学习，并成为广受赞誉的校友团体“安特卫普六君子”之一。“我们不想成为‘小巴黎’。”他在毕业后不久接受的一次采访中简短谈道，“我们想坚持安特卫普风格，保留我们自己的形象和精神。”

在一个众多成功的时装公司都已经被更大、更奢豪的集团所兼并的时代，范诺顿仍然坚决保持着自身的独立性，也在公司的创意和财政方面保留了绝对的掌控权，一如三十年前他首个服装系列发布时那样。与此相仿，在一个品牌特征越来越淡薄的世界，衣物仍然是他事业的重心，而鞋类和饰物仍然在很大程度上只是作为配角存在。不可思议的是，范诺顿坚持不投放广告。取而代之，他将资金和创造力投入到了他的“prêt à porter”（云想衣裳）四个系列（两种女装，两种男装）的设计中，这也是他每年严格要求自己必须完成的。

这种鲜明的自主性也体现在范诺顿的设计美学之中，他的衣料繁复而奢华，色彩丰富而独具一格。灵感，如同面料本身，有着遥远而广阔的来历：乌兹别克斯坦织就的衣料出现在来自日本的高科技材料边上，数码打印的城市景观同植物绘画并置。对于他最近的男装作品，范诺顿选择去处理那些典型的流行元素，巧妙利用了陈腐和俗套的设计。棕榈树、豹纹、苏格兰格子以及玛丽莲·梦露的图像都在丝质衣物和西服外套上获得一席之地，创造出一种既具有典型的现代特征，又无可置疑的独一无二的款式。

当《谷物》同范诺顿交谈的时候，显而易见，虽然存在这些多元的影响，安特卫普仍旧是服装设计师的试金石。这座城市的精神特质被编织进了每一季服装的面料之中。

▶▶▶

这座城市仍然像你儿时那样没有改变吗？

安特卫普明显发生了天翻地覆的变化，但是它的基因仍旧没变。虽然我不再像从前那样拥有足够的时间在这座城市闲逛，但无论何时，当我开车穿过它的街道时，总有某些东西触发一段回忆。它可能是一家我过去常常光顾的老餐厅，或者是一家我下课后会去的咖啡馆。城市始终在改变，但在安特卫普这里，没有一条街道不唤起我强烈而愉悦的回忆。

关于安特卫普，你最早的记忆是什么？

我记得有段时间我在父亲的商店里观察顾客，也算是学习做这份工作。作为一个小男孩，我喜欢在那里待着。我几乎是在耳濡目染地学习，仅仅是在所有的动作里打转而并未有意识地去努力。所以我觉得自己非常幸运，可以在比大多数人小得多的年纪接触这个行业，并学习其运行的方式。也正是在那个时候，我开始爱上织物——它们下垂的姿态以及它们的触感。最激动人心的时刻是陪父母去巴黎和米兰看服装秀，就是去看看那儿壮观的景象。

是什么让你留在了你长大的这个城市？

我常常旅行，也喜欢去发现新的文化。我认为我去过的每一个城市都有其独特之处，但安特卫普是我永远的家。这里是我决定开设自己的公司和第一家店铺的地方。这里也是我妻子所在的地方。仍然待在家，待在一个我了解的、给我提供各种支持的环境里，似乎是自然而然的。

安特卫普有什么特别之处？

这里的人、它的历史、它的商业眼光、它的文化、它的演变、它的时尚，还有它的面积——安特卫普的大小刚好能容纳你所需要的一切，而且多亏了它的港口，安特卫普一直都具有国际化的一面。直到今天，这里仍然有大批富商——天才的裁缝总是需要慷慨的资金支持的。

德赖斯·范诺顿最喜欢的安特卫普的十个地方：

Ganterie Boon（手套店）
Bakkerij Goossens（面包店）
Philip's Biscuits（饼干店）
Cogels Osylei（新艺术主义建筑群）
Museum Plantin-Moretus（帕拉丁－莫瑞图斯印刷博物馆）
Het Bos, Ankerrui（艺术生活馆）
Hotel Julien（酒店）
Copyright Bookshop（书店）
Axel Vervoordt Kanaal（设计师阿克塞尔·维伍德的家及办公室）
Dôme Restaurant（餐厅）

上两图 **手套店** Ganterie Boon
下两图 **饼干店** Philip's Biscuits

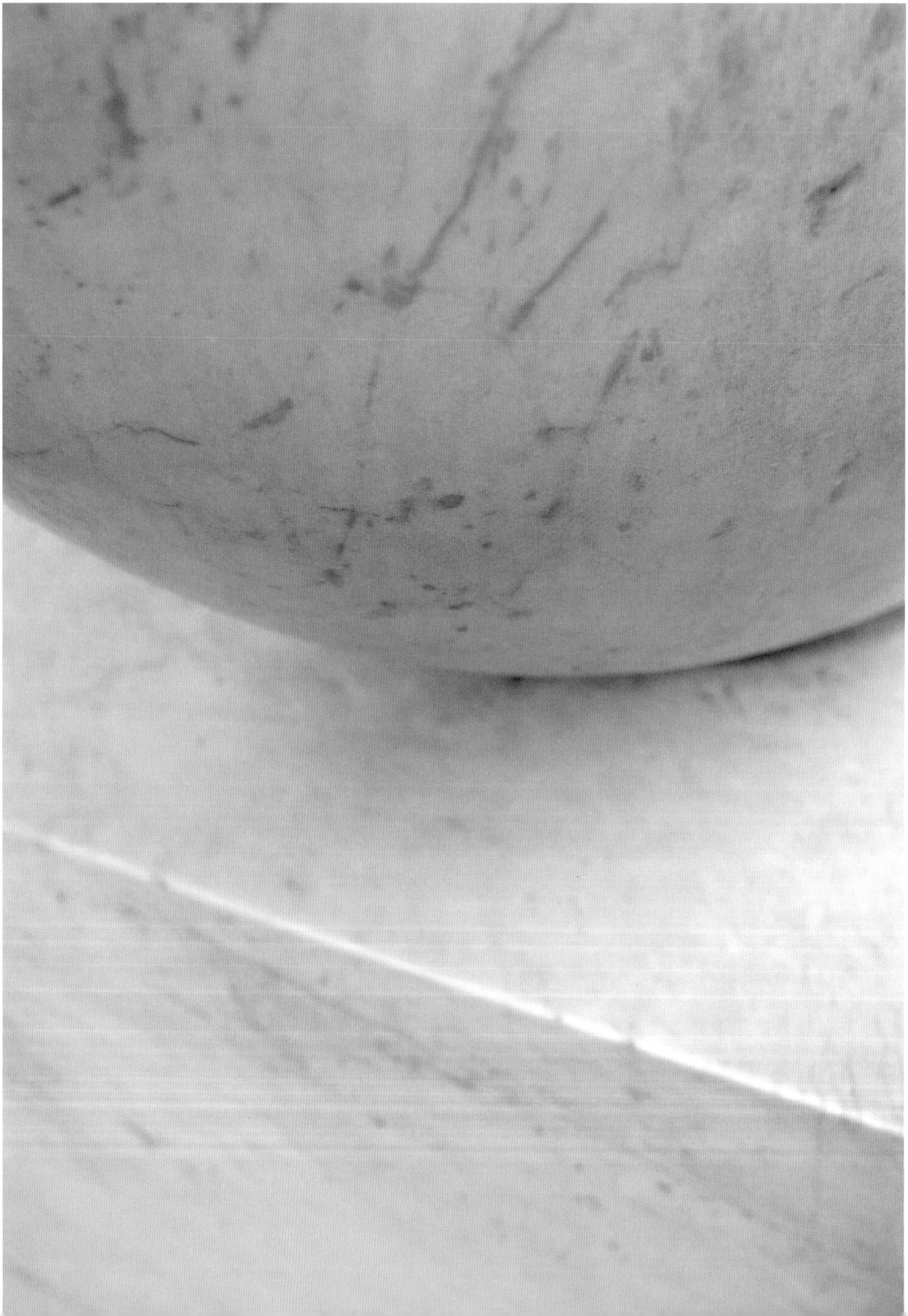

米德尔海姆

雕塑公园一日

MIDDELHEIM

A DAY AT THE SCULPTURE PARK

文字：*Richard Aslan*　摄影：*Rich Stapleton*

安纳瑞斯[1]、伊利雅德[2]、亚城地王国[3]、地海[4]、奥兹国[5]、米尔德海姆，一座火烈鸟粉色的边防哨所标志着我们来到了这个国家的入口。一根单柱将天花板吸附至地面。围成一圈的玻璃展柜空空如也，灯泡在蓝天的衬托下散发着微弱的光芒。没有守卫在我们的护照上盖章，也没有来复枪朝我们的行李乱戳。没有一个人在正午的热浪中无精打采地抽烟。远处的荒野平坦而开阔，火辣辣的太阳炙烤着野草丛生的土地。有人梦想在这里出现一片树荫，但直到树木长成之前，蚂蚁还在疯长的草地里光秃秃的地方爬来爬去。

一块标志牌插在地面上，上面用一种我们两个人都不会说的语言写着："禁止踩踏！"当然，也可能是："野餐区！"或者"危险——此地有地雷！"这里是两国边境的缓冲区，一个正在形成中的地方。居民们是怀抱着可以收获无尽的粮食和生养胖乎乎婴儿的希望来到此地的，最后得到的却只是兵营屋顶的缝隙里闪烁的星光和地平线上嚎叫不停的狼群。我们决定越过村庄，于是深吸一口气离开这里重新上路，穿越这片崎岖不平的地域，虽然衣袖上还沾着谷粒。我们碰到一块像蹲伏的坦克一般大小的巨石，上面缠着绷带，被涂上沉闷而厚重的金色。我们躲进一座未完工的塔楼屋檐下，廉价砖头破裂了，窗框下的缝隙里绽出黄色的泡沫。

低语的叶墙将我们同棋盘似的餐巾、餐桌和锻铁椅子的领地分隔开。钱包和唇膏从无人照管的手包里散落出来。一只母鸭和它的丈夫摇摇晃晃游泳经过墙上有手绘的茅屋——塞满了书和死水的臭气，想来这就是它们的故乡。当一只鹅照看着橄榄色河水边上它的孩子时，我们收好地图准备去外边吃个冰激凌、喝杯咖啡，然后横穿与庄园白色石灰墙一起延伸的丰茂的草场。一对姐妹无声争论着，她们怀孕的腹部凸起的样子动人极了。一群空荡荡的银色椅子坐在一棵智利南美杉下，仿佛被某个婚礼派对所遗忘——人们都去听致辞或去柳树下约会了。

雕塑群，名牌，日期，谱系，弧度，质量，相似性，对照。我的内心震动不已，按下相机快门却无法记录它们中间哪怕一小部分：一架轻型飞机昆虫似的在头顶嗡嗡作响、瘦得皮包骨、从腋窝生出的翅膀、一些山毛榉果子散布在地上。一个被遮住眼睛的俘虏，任刀子飞舞，却仿佛置身于某部恐怖电影之外，仍轻松地抽烟休息。一架骷髅在高空钢索上骑车越过树顶，下面是一辆标致205汽车，泥手印被按在副驾驶座前的挡风玻璃上。空荡荡的斗篷对着彼此忽隐忽现，食尸鬼在阳光下吸干它们，车流吞噬着四周的栅栏。

▶▶▶

1 安纳瑞斯（Anarres）是娥苏拉·勒瑰恩（Ursula K. Le Guin）的科幻小说《一无所有》中一个星球的名字。

2 伊利雅德（Eriador）是J.R.R.托尔金的小说中虚构的中土世界中的一片区域。

3 亚城地王国（Archenland）是C.S.刘易斯（C.S.Lewis）奇幻小说《纳尼亚传奇》中纳尼亚王国南边的邻国。

4 地海（Earthsea）是娥苏拉·勒瑰恩所创造的一个虚构国度，曾出现在她多部小说之中。

5 奥兹国（Oz）是L.弗兰克·鲍姆（L.Frank Baum）的童话小说《绿野仙踪》中的国度。

◀◀◀

在喧闹忙碌的山谷里，有一群穿着亮橙色连体工作服的工人，他们把工具插在独轮手推车上。我们在凉亭波浪般的屋檐下观察。此时工人们正在往干涸的池塘底部放石块。“对我们来说，它们是不是太大了？”我问，余光扫过握成杯状的手、被裹好的底座和靠在墙边的梯子。浓烈的光束如油漆一般泻在地板瓷砖上。“如果我们一起搬就不会。”他回答。远处的森林里，一个高大的身影在游荡，看到自己喝醉后圈在桦树上的那条细长的金色小船，震惊得下巴都快掉到骨盆上了。我退避开一块亮银色的细长的庞然大物，还有一些像是被咬下来的小块，原来是鼻子、嘴唇、胸膛和怕痒的脚后跟的皮肤。太阳消失在一朵云的后面。

在路边静候的树林给电网和高速路让行，被剥掉树皮的树苗被封闭在环形塑料圈里。让人凝神沉思的方块，颜色比国际橙更红一些，比克莱因蓝还要蓝两度。密密麻麻的长梁充满男子气概地直立着。矮林一般的钢钉对着真正的灌木怒目而视。在一块开裂的沾满碎石的混凝土地面上，脱去僧衣的高僧们将他们的眼睛从彼此的堕落中移开，不再优雅。丧失了基座，他们成了无业游民，手指太大而无法扣上纽扣。一位官员从倾斜的集装箱的窗户切口看着我们，老师们斥责着散发着荧光的学生，汽车像被催眠的牛群似的曲折前行。当我们穿过一条无形的界限到达“魔法森林”时，空气变得如胶质般黏稠。每走一步，那种身在魔法森林腹地的感觉就更强烈，弹簧将自己缠绕得更紧了。思绪高度紧张并迅速凝固，一座黑暗的砖石城堡躺卧着等待抓捕一位公主；无头的体操运动员挺身通过九宫格似的柱栏；昏昏欲睡的驴子们拉拽着铜制的山毛榉树干。一个区域在另一个区域之内，越来越小，交叉重叠。雕塑小山耸起如天鹅绒枕头，一座绿宝石宫殿对树苗们设下方格陷阱，方盒状的树篱把爆竹般的竹子、滑雪坡和压瘪的铁桶围起来。一把镀金椅子正对垂直的砖墙。

我们坐在长凳上休息，被包围在颤抖的紫色花丛的凹陷处。“我说，蜜蜂应该对花朵比对我们更感兴趣吧？”他问，担忧得皱起了眉头。我点头，吸啜着我水瓶中热血般温暖的水。我们对着四周寂静的环境大声读了一两章关于虫子和女巫、沙子和香料、蓝眼睛的蓝色和傲慢男爵的故事，坚定了我们回到边缘地区的决心。有其他历险正等着我们。在每一个幻想的国度，到达中心地带才仅仅是个开端。■

地址：Middelheim Open Air Sculpture Museum, Middelheimlaan 61, 2020 Antwerp
官网：MIDDELHEIMMUSEUM.BE

格 兰 玛 特 1 3 号

一种生活概念

GRAANMARKT 13

A CONCEPT LIFESTYLE

文字：*Rosa Park*　摄影：*Rich Stapleton*

在市中心树木成排的广场上，有一幢粉刷过的具有历史意义的连栋楼房，这里就是格兰玛特13号的所在地。它是比利时建筑设计师文森特·凡·杜伊森（Vincent Van Duysen）代表性的野兽派风格的建筑。由于大量采用基调柔和的自然原料，这个集概念商店、餐厅、画廊和出租公寓为一体的多功能空间也变得柔软，有一种温暖而轻松的感觉。我们也不禁希望能搬进来，在这里安家。由蒂姆·凡·格洛文（Tim Van Geloven）和伊尔莎·科尼里森斯（Ilse Cornelissens）夫妻组合构想和运营，格兰玛特13号有一种朴素低调的气质，是比利时当代设计的一曲赞歌。

地址：Graanmarkt 13, 2000 Antwerp
官网：GRAANMARKT13.BE

手

当传奇遇见历史

HANDS

LEGEND MEETS HISTORY

文字：*Richard Aslan*　摄影：*Rich Stapleton*

一尊用青铜和石头堆砌的峭壁耸立在市政厅外的市集广场上。海狮、巨蛇以及美人鱼从泡沫中升起，还有一艘架着堡垒的船。堡垒的城垛之上是一个裸体的男人，脸和身上仿佛带着无尽的泪痕，他的肌肉扭曲着，似乎用尽了全身力气。雄伟的斯海尔德河在距市政厅狭窄的阶梯状屋顶之上的三条街以外的地方，他要把手上的东西投掷进去是很困难的。西尔维厄斯·布拉博（Silvius Brabo），恺撒的至爱，正紧抓住被杀死的巨人德鲁翁·安提贡（Druon Antigoon）的一只被砍断的手。断断续续的弧线喷出的水流代替血液从手腕喷涌而出，洒落在下方游客身上。这只正要被扔出去的手——荷兰语hand werpen（断掌）——正如这座城市的任意一位子女将会告诉你的，便是安特卫普（荷兰语Antwerpen）得名的由来。

安提贡在斯海尔德河岸边谋得了他的营生：向过往的旅人抽取他们一半的财物，砍断那些出不起钱或者不愿意支付的人的双手，并将它们扔进滚滚河水之中。布拉博将巨人粉身碎骨，被打败的巨人的手成了自由水路以及它所带来的财富的象征。自由贸易成就了布拉班特公国（这个名字也跟那个扔手的罗马人布拉博有关）的富庶。至16世纪，安特卫普不仅是欧洲最富裕的城市，也成为新兴的全球化的世界的中心。成千上万艘满载着黄金、白银、香料、绸缎和珍稀实木的货船，据说给这座城市的西班牙主人带来了远超其美洲殖民地总和的巨额收益。

▶▶▶

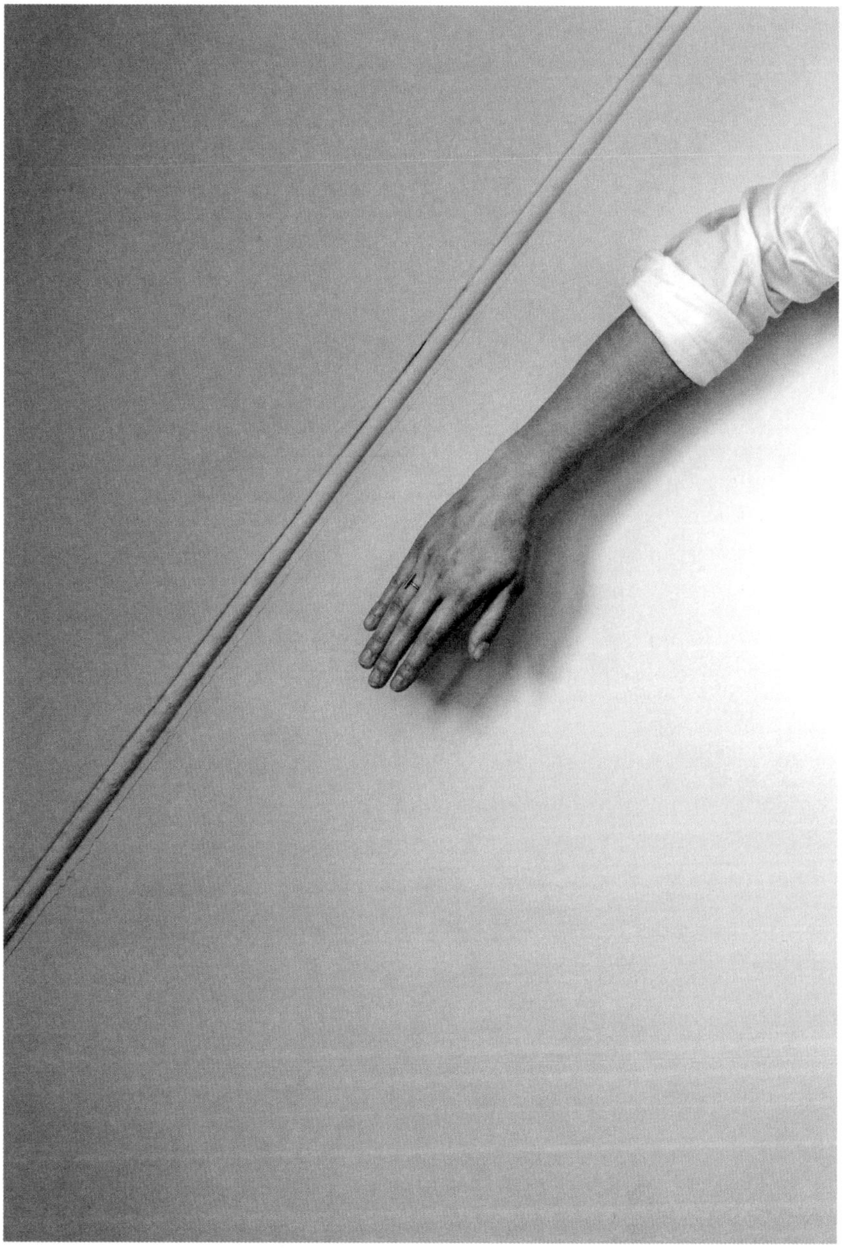

◀◀◀

然而，到了16世纪晚期，安特卫普的双手握满了对永无止境的灾难的绝望：长达80年的战争，暴虐的西班牙步兵的屠杀，宗教骚乱，瘟疫以及西班牙王室的破产。1585年，新的巨人——荷兰帝国——将河港关闭，安特卫普的命运由此被封印。人口数量的锐减是封锁导致毁灭性后果的证明：市民人数从16世纪的125 000人减少到1804年拿破仑升翥称帝时的40 000人。这位法国首领将安特卫普视作力量不断壮大的伦敦的潜在威胁，波拿巴码头在1811年被关闭。

尽管如此，在1815年的某个周日，他的新欧洲梦还是在滑铁卢外的战火硝烟中破灭了。取而代之，安特卫普成了比利时人争取自由的新战场。当1832年安特卫普解除包围时，斯海尔德河的解放成了新兴的比利时国的一面旗帜。杰夫·拉姆别克斯（Jef Lambeaux）选取布拉博作为他1887年喷泉的主题也并非巧合，它标志着自由贸易的收入重新流入这座城市的金库中。新的世纪见证了无数双手忙碌于逼仄的房屋里——屋外的街道则更狭窄——忙碌于手工作坊和造船厂，它们切割钻石、劈凿石料、缝纫衣物，在此过程中，安特卫普又繁荣起来。

世界大战的爆发让安特卫普再度沦为战场。德军在11日内占领了这座城市直至战争结束，离开的时候还放火烧毁了街道。在收拾这些残局的过程中，有关布拉博的传说在1934年又重新风行。彼时面包师乔斯·海克（Jos Hacker）创制了“安特卫普之手”饼干。应皇家甜品大师协会（Royal Society of Master Confectioners）的要求，香甜的手形饼干按照严格的专利程序烤制并包装。短暂的喘息过后，1940年到1944年，恐怖再度如冷雨般浸透了这座城市以及它庞大的犹太社区。虽然德军节节败退，但他们向安特卫普的港口发射的V-2导弹的数量，大大超过他们在此前的战争中在其他地方投放的导弹的总和，所以，解放也并未给这座城市带来多少安慰。但在废墟之中，一个新的安特卫普站起来了，沿着原有的足迹蜿蜒的街道，缓慢而痛苦地被重新构想和建造起来。

现代住宅见缝插针地被安置在被几个世纪的时光润泽过的砖石房屋和栎树之间。钻石和海运贸易照旧进行着，安特卫普的双手也开始忙碌于新的贸易。从20世纪开始，安特卫普明亮的工作间也生产起服装来，实现了不仅同伦敦，也同米兰、巴黎和纽约平起平坐的梦想。伴随着思想的交流，一系列文化机构在集市和咣当当的电车轨道间诞生：如鲁本斯故居博物馆、宽白空间画廊（Wide White Space Gallery）、安特卫普M HKA当代艺术博物馆、摄影博物馆（the Fotomuseum）以及河滨博物馆（MAS）等。为了纪念这段重获新生的历程，“安提贡之手”频繁出现在门把上、服装商标上、城市地图以及巧克力店之中。无论某些语源学家如何主张安特卫普这个名字实际上应来源于荷兰语An't Werf（在码头边）都无关紧要，这就是传奇比历史更具有真实性的地方。■

Kanaal：阿塞尔·维伍德的城

KANAAL BY AXEL VERVOORDT

文字：*Lucy Brook*　摄影：*Rich Stapleton*

令人景仰的比利时设计师和古董收藏家阿塞尔·维伍德（Axel Vervoordt）说过，装饰品并不仅仅只是为了装饰存在。“我的喜好是由均衡感所主导的。我想在建筑、家具、艺术品和古董之间达成一种调和的感觉。”将物品同它们周围的环境融合在一起，尊重既有的环境，承认时光的流逝，都是他有机风格的突出表现，这也巩固了维伍德在先锋设计师中的地位。他于20世纪60年代晚期开始了艺术和古董经纪人的事业，最早的项目之一就是不懈复原位于安特卫普Vlaeykensgang街区的16幢文艺复兴时期的房屋。其中一部分被他改造成了自己的居所，同时也是出售他的珍宝的地方。他同妻子梅（May）到世界各地参加古董展览，先是收集一些有收藏价值的东西，随后将共同的热情投注于室内和家具设计，他们相信每一个房间都有自己内在的性格。顾客们对他们的沙发和俱乐部椅的需求迅速增长起来，由此，这些单品成为阿塞尔·维伍德家居系列的主打货品直到如今。

尽管拥有与生俱来的良好审美，维伍德却固执地认为自己的工作并不基于美学，而是一种更传统的对质朴、灵感和平凡的追寻。“一日将尽，屋里居住的人们必须能在其中找到更多关于他们自己的存在感，而不是我的介入。那种介入应该是作为在将来为人们提供持续灵感的角色而存在。”维伍德自小就被东方哲学传统所吸引。过去在亚洲旅行时获得的灵感一直伴随他到今天，也明显表现在他的大部分作品中。尊重自然、质朴和均衡的艺术，于平凡事物中发现美丽和寂静的力量，这些都融入了他的设计风格。类似的还有他对“侘”（wabi）的个人解读。“侘”是一种觉悟的日本哲学，注重不完美之美的价值以及事物在其

▶▶▶

◀◀◀

最自然的状态下的质朴属性。因此，亚欧风格之间迷人的反差、考古学以及当代艺术熔为一炉。“我的灵感取材于一切艺术类型。”他说，“来自世界各地，来源于所有不同的时代。我喜欢一切坦诚而真实的事物。例如贫穷艺术（arte povera），这种关于山里的牧羊人和僧侣的朴素艺术诞生于对自然强烈的敬意。他们在数百年前就已经制作出了最美的极简风格的物件。天平的另一端，极度繁复的巴洛克艺术也许可以拿来突显强烈的艺术效果、精湛的技巧或者生机勃勃的精神，但无法简单地展示丰富性。”

维伍德最重要的作品之一就是他在安特卫普完成的项目Kanaal（运河）。他的灵感来源于一种想要在无尽的艺术和自然之间创造一座纯粹的文化和住宅之岛的欲望。这座曾经是酒厂和麦芽制造厂的建筑正被改造成为一座“乡村中的城市”，其中包括公寓、loft和商店。这里也是阿塞尔与梅·维伍德基金博物馆的所在地。这片历史遗址的原始特点被维伍德唤醒了，也成了他肯定时间的力量的代表作。“20世纪的同义词是生产、消费和丢弃。”他说，“但是现在资源越来越稀缺，我们没有足够的场地去堆放垃圾，也没有足够的森林去劫掠。‘复原’（recuperation）在21世纪变得至关重要。以这种方式，旧的东西又重新流行起来。我们欣赏老墙壁和没有被刷新的旧家具，一切事物最开始的样子都被时间改变了，时间是最伟大的雕刻家，它赋予这些材料一种新的面貌。这是一种来自自然的爱的示意。自然被人类和宇宙改变了，然而随着时间的流逝，它们开始接受并融入新的形式。我们必须接受自然和时间的锻造。”■

地址：Axel Vervoordt Kanaal, Stokerijstraat 15-19, 2110 Wijnegem

官网：AXEL-VERVOORDT.COM

一切事物最开始的样子都被时间这个最伟大的雕刻家改变了。

插曲

INTERLUDE

STYLE, CULTURE, & MISCELLANY

A GLOBAL SELECTION

精选

时计

文字：*Mark Sanders*　摄影：*Alison Elwin*

Lambda 玫瑰金腕表
NOMOS

夹克 MHL
上衣 RAG AND BONE
长裤 MARGARET HOWELL

M40 拉丝钢腕表
UNIFORM WARES

外套 COS
高领毛衣 MARGARET HOWELL
长裤 CALVIN KLEIN

Max Bill 时计
JUNGHANS

上衣和长裤 COS
衬衫 SUNSPEL

Expedition Scout 男士腕表
TIMEX

运动衫 ALBAM

Kallan 怀表
SKAGEN

看不见的设计

Vitsoe家具

INVISIBLE DESIGN

VITSOE FURNITURE

文字：*Lily Le Brun*　摄影：*Rich Stapleton*

让人讶异的是，Vitsoe公司的主管马克 · 亚当斯（Mark Adams）过去学的是动物学而非商业或者设计。“生物学使我激动。”他说，“具体说来，它研究的是一个有机体如何运转，但在宏观的层面，你必须关照整个生态系统。这就是我选它的原因。”更有趣的是，亚当斯并未把Vitsoe当成家具公司。“我们的工作是提供服务，只不过恰好制造了一些商品。”他解释说。当把这两点结合在一起，Vitsoe的存在就变得更加合情合理了。当我们在它位于伦敦卡姆登区的总部参观时，他告诉我：“Vitsoe的内部是一个生态系统，是一个有很多零部件持续相互作用、相互影响的地方。”

Vitsoe仅制造和出售迪特 · 拉姆斯独家设计的三种商品：606通用搁架（606 Universal Shelving System）、620座椅（620 Chair Programme）、621边桌（621 Side Table）。虽然这些商品被广泛视为设计经典（606通用搁架被纽约现代艺术博物馆永久收藏，而620座椅也是维多利亚和阿尔伯特博物馆，还有设计博物馆的藏品），但没有任何两单商品是一模一样的。Vitsoe看重的是适应性和持久性，而非仅仅是外部形态。我们很难在卡姆登仓库和综合办公楼看见Vitsoe的商标——无衬线字体大写的公司名加上捆在一起的“Œ”，商品本身也有意匿名。亚当斯喜欢将它当成看不见的家具。“这就是为什么人们需要它，”他说，“因为它的外表是如此平凡，就像为你提供了一块空白的帆布画板，你可以在画布上任意挥洒生活的灵感。”

亚当斯讲述了最近来自一对纽约夫妇的订单的故事。两人在此之前都各自结过婚，现在准备搬到一起住。他们都有米白色的606通用搁架，便重新联系上了Vitsoe公司，因为Vitsoe可以帮忙把两人的搁架组合在一起以适应他们新公寓的需要。“这种需求是屡见不鲜的，”他说，“因为几乎没人知道自己的生活将会发生多大程度的变化。”设计这个搁架的目的，是让它成为“生活中越来越罕见的，值得你托付终身的东西之一”。据亚当斯所言，Vitsoe的客户群是那些有远见的人。

Vitsoe遵守迪特 · 拉姆斯关于好设计的十条准则，即，产品必须是创新的、实用的、美的、易懂的、不引人瞩目的、诚实的、耐用的、细致的、环保的，且刻意“设计”的痕迹越少越好。606通用搁架包含一段铝制的E形轨道，置物架、抽屉和桌子都可以在上面找到一席之地。货品的尺寸和颜色都很有限，全是根据顾客的需求定制的。安装时也不需要工具，这种简单性意味着单个零件可以很方便地重新组合或者交换。620座椅是拉姆斯1962年设计的舒适性极佳的方形皮椅。从性能上看，它也具有一定的灵活性和超长使用寿命。它也可以旋转，并能和其他同类型产品连成一组沙发使用。假如将来有需要，更换椅面也十分方便。同年设计的621边桌便是简单本身。这种朴素的注模塑料边桌共有两种颜色和两个尺寸出售。

迪特 · 拉姆斯同尼尔斯 · 维特索（Niels Vitsoe）在1975年相遇，彼时拉姆斯仅27岁。这一对组合两年后在法兰克福创建了Vitsoe品牌，同时拉姆斯继续在电器巨头博朗公司工作。1961年至1995年他都在这家公司担任设计总监。20世纪80年代初期，违拗了父亲让自己将家具仅当成一种爱好的建议，年轻的马克 · 亚当斯决定辞去他在伦敦报酬丰厚的猎头工作，随后在伦敦西区一家小型设计商店里做店员，正是在这里，他最早发现了迪特 · 拉姆斯设计的简单黑色搁架。不久之后，店铺的老板破产，才二十出头的亚当斯在废墟之中左顾右盼，考虑着能从中抢救点什么东西出来。他决定在周末飞往法兰克福向尼尔斯 · 维特索毛遂自荐，而后者仅在电话里和他说过几句话。之后他从德国带回了一份允许他在英国进口和销售Vitsoe家具的协议书。那时候几乎没有几个英国人听说过Vitsoe。此后的七年时间里，他目睹了这家

▶▶▶

好设计的十条准则……创新的、实用的、美的、易懂的、不引人瞩目的、诚实的、耐用的、细致的、环保的，且刻意“设计”的痕迹越少越好。

◀◀◀

仍由年迈的尼尔斯·维特索掌控的公司蹒跚而行的历程。1993年，Vitsoe陷入了财政危机，亚当斯受邀对其控股51%。尽管做出了巨大的努力，它仍然被迫关闭。然而亚当斯不甘心放弃这个公司，并在1995年将它的生产基地从欧洲大陆全盘转移到英吉利海峡对岸，他的家乡。

从此以后，他便致力于将Vitsoe的产品流水线化，并使其设计尽可能完善。这里的每一个零件都来自于英国本土供货商，重复利用率也很高。甚至硬纸板包装都被切割成某个特定的尺寸，以便能被工厂回收再利用。Vitsoe生产出来的产品也都是如此。然而搁架的外观已经跟拉姆斯最初设计的不一样了。亚当斯告诉我，它的设计从1995年起经历了不下于90次的改进。今天，每一件销往世界各地的订单都是从卡姆登总部直接发出的。"我们在很多方面都开始转变成一个小型的自动化公司。"亚当斯说，"从最优的供货商那里购买最好的零配件然后将它们组装在一起。只是碰巧它们被装配成一件家具而非一辆汽车。"这家公司拥有一个国际规划团队，他们是顾客们的购物咨询师，也是位于伦敦、纽约、洛杉矶和慕尼黑的Vitsoe商店的顾问。除了可以在以上几座城市的实体店购买Vitsoe家具以外，也可以网上订购，公司大部分销售额也来源于线上交易。这种直接的渠道同Vitsoe公司的复兴密不可分。"我们的利润率不到这个行业平均水平的一半。"亚当斯告诉我，"做好设计的最佳方式就是同顾客保持一种密切的关系。如果你找中间人去做这件事，这层关系中的一切诚实和恳切便会毁于一旦。"

明年，Vitsoe总部会从越来越拥挤的北伦敦搬到位于西米德兰兹郡的皇家利明顿矿泉市更开阔的空间去。这个经过精心挑选的地点拥有强大的制造业历史背景，也临近英国主要的铁路货运站点。集装箱将直接经由铁路运往港口，再通过海运送达世界各地。围绕着Vitsoe的本质理念，即优先考虑背后的生态系统，新总部大楼设计方案的构思历经多年。亚当斯的长远打算是将这家公司全盘转变为员工集体所有，这个新基地既是他全新经营模式的试验地，也将是未来他的目标最终得以实现的地方。

在一个将寿命短、易过时的产品视为常态的世界里，Vitsoe是一股反叛力量。"Vitsoe希望制造更少但更耐用的东西，让人们生活得更好。"亚当斯指出，"这和拉姆斯或者家具本身都不相关。我和他谈得最多的就是如何让Vitsoe超越迪特·拉姆斯的影响，并且假如可能，完全超越家具领域的限制。"我问他Vitsoe是否更是一种社会精神的象征。"当然。"亚当斯答道，"我们拥有极好的契机去改变人们生活和思考的方式。我认为我们正处在重大的转变时期，而Vitsoe的全部魅力就在于无论未来如何展开，它都能够适应。"亚当斯最后的话不仅对这个特征鲜明的品牌做了总结，也扼要指出了他同Vitsoe的关系："在Vitsoe，我们仅为顺应变化做好准备，不去猜想未来会如何改变。"■

共同的愿景

与Norm Architects工作室的对话

A UNIFORM VISION

A CONVERSATION WITH NORM ARCHITECTS

文字：*Justin H. Min*　摄影：*Line Kleinn*

Norm Architects并非仅仅是一个建筑工作室，除了在家用住宅的设计建造上拥有不俗的履历，这家公司也频繁从事着商用建筑室内设计、工业设计、摄影、平面设计以及艺术指导的工作。尽管如此，创始人乔纳斯·比耶勒–波尔森（Jonas Bjerre-Poulsen）与卡斯帕·罗恩（Kasper Rønn）并未将多线发展视作他们共同发展愿景的障碍。与此相反，他们更看重跨领域设计给他们带来的积极影响。“广泛涉足各种领域让我们获益匪浅。”乔纳斯说，“例如，当我们做设计的时候，我们的思维方式很像建筑师，非常善于分析。而由于我们也做室内设计，所以我们看待建筑景观的方式便与我们的同行截然不同，我们考虑的是更小的细节。”

Norm Architects在2008年正式成立时，乔纳斯和卡斯帕已经在哥本哈根一起工作超过十年了。从中学起就是好朋友的两人曾经在加油站和残疾人机构工作过。其后他们又结束了在丹麦设计师奥·佩斯比（Ole Palsby）工作室的工作。“卡斯帕在那里待了五年，我在那里待了八年。”乔纳斯说，“就是在那里，我们获得了成为设计师的非正式教育。”

对丹麦设计师如佩斯比与保罗·克耶霍尔姆的敬意弥漫在这家公司独树一帜且广受赞誉的设计之中。一个很显著的特色便是乔纳斯和卡斯帕对纯几何图形的使用。“我们所有的工作都始于最基本的几何图形——正方形、圆形、三角形。这是通行的，所以最后的成品都很简单，却又能吸引每一个人，无论他们的文化背景是什么。”乔纳斯说。建筑师也花费了不计其数的时间来将某个空间内光线移动和感知的方式概念化。“进入某个空间内的光量可以创造恰当的心情，并将自然的感觉带进来。”乔纳斯说，“每开始一个项目，我们的目标都是创造一个受欢迎和令人感到温暖的人性化的空间，即便里面还没有放进哪怕一件家具。这种效果的达成来源于空间的构造方式，以及所使用的材料的质感。”

▶▶▶

◀◀◀

简洁、明净并且恒久的理念深沉地回响着。“在我们成立这家公司时，我们选择了‘Norm’（常规）这个名字来对抗那些流行的东西。我们想要做的是那种建立在即成规范和标准之上的，并在数千年中不断被完善的东西。”乔纳斯解释说，“是那些能够经受时间检验的东西，那些能让我们在十年、二十年内感到自豪的东西。”在各种概念和美学都无缝即时共享的数码时代，乔纳斯和卡斯帕力图靠近通用性，将世界各地的风格都囊括在内。“虽然我们受日本传统建筑的影响很深，但是我们都没有去过日本。”乔纳斯说，“风格和美感不再与某个特定的区域相连，和现实存在的某个地方没有关系了。到处都能找到灵感，所以更重要的是从世界各地吸收各种不同的想法。”

这对伙伴也是斯堪的纳维亚家具和饰品品牌Menu的设计师和首席顾问，并同它进行着广泛的合作。“这是我们在2008年创业时最早的合作公司之一。”谈起两家公司的合作，乔纳森说，“我们帮他们开发的产品很成功，便保持了合作关系，直到他们问我们是否愿意当他们的设计指导。”接受了这个职位后，乔纳斯和卡斯帕便周游世界，为Menu公司寻找新的合作者，其中既包括知名的设计工作室，也有后起的新秀。这些人对Menu公司未来的发展目标都拥有相同的美学憧憬。“在短时间内，我们已经完全重塑了这个公司，并且在斯堪的纳维亚设计行业中做出了有力的宣言。”乔纳斯说。

奇怪的是，Norm Architects巨大的成功伴随的是公司规模的不断缩小。尽管公司曾雇用过多达十名全职员工，如今却只有三个人，其中包括两名创始人和身为建筑和室内项目主管的琳达·康多尔（Linda Korndal）。“我和卡斯帕曾一度将所有的时间都花在开会、写邮件以及管理员工上，但我们很希望周末能休息。”乔纳斯解释，“所以我们很快就做出决定——减少工作量，且都由我们自己完成，每天早上醒来都要热爱我们的工作。”这对伙伴如今亲力投身于他们工作室的每一个项目之中，而他们从事的一切工作都具有某种内在的延续性。乔纳斯的家曾经过多次整修，也多次被用来实验新材料和新技术，这是他们如何愉快工作、如何将其作为一种爱好的证明。“我的家是新点子的实验室。我需要先观察它们一段时间，然后自问和它们相处几个月后是否还觉得有趣。”他说，“为了把事情做好，我必须要做我真正热爱的。”■

艾格尼丝·马丁

1912－2004 回顾展

AGNES MARTIN

A RETROSPECTIVE

文字：*Charlie Lee-Potter*　摄影：*Rich Stapleton*

极简主义终究无法准确表达出她那些油画光彩四溢的美感。
它们的克制中存在着它们的脆弱，它们的光辉中存在着它们的秾丽，
它们的白壁微瑕中存在着它们的人性。

泰特现代美术馆举办的芭芭拉·赫普沃斯、索尼亚·德洛奈、马琳·杜马斯以及艾格尼丝·马丁（Agnes Martin）的重要作品回顾展，将我们的视线拉回到20世纪伟大的女性艺术家身上。然而即便是泰特现代美术馆，如果让它准确说出这其中的宏伟蓝图是什么，也会战战兢兢。在艾格尼丝·马丁展览的开幕式上，泰特的总监克里斯·德雷（Chris Dercon）解释："我们并不想重写艺术史。"随后，策展人之一弗朗西斯·莫里斯（Frances Morris）大声打断并纠正他说："事实上，克里斯，我们想这样做。"她与蒂凡尼·贝尔（Tiffany Bell）一起策划了这次展览，为马丁的艺术历程提供了一条新的更具说服力的解读线索。正如策展助理丽娜·弗里奇（Lena Fritsch）所说："马丁是一位重要的艺术家。她曾同更年轻且影响力不及她的艺术家罗伯特·印第安纳（Robert Indiana）及埃尔斯沃斯·凯利（Ellsworth Kelly）合影。马丁比他们年长十岁。她是如此重要，却已经被一些人遗忘。这个展览就是为了重申她的地位。"

女性投身于当代艺术附加的张力就表现在艾格尼丝·马丁同她的奋斗经历中，这样说也许是恰如其分的。她的画作表现出一种宁静——观赏一幅她的画就像听到一声悠长而缓慢的呼气——然而痛苦的痕迹一直存在。令她声名远扬的宁静，在弗朗西斯·莫里斯看来，是通过巨大的"个人精神的斗争"所换来的。她是活跃的纽约艺术圈里的重要角色，却选择了一种动荡不安的生活，在搬去新墨西哥州荒凉孤僻的住所之前，她住在一辆皮卡车里。她雄心勃勃，却努力跳出自我。她向艺术寻求美和宁静，然而在20世纪60年代，她的精神分裂症频繁发作，只能长期滞留在医院。1967年后，她一度完全不再作画，或许是无法作画。"有七年时间，她停止了绘画。"丽娜·弗里奇说，"她患上了精神分裂症。一方面她通过冥想在对付它，但在60年代，她的病情非常严重，并且一次又一次住进医院。她极其难懂，所想也非常复杂。虽然受到冥想和禅宗的影响，但她仍在精神疾病中苦苦挣扎。她在脑海中看到了些小幅作品。她便做了些计算将它们变成了更大的尺寸。"

在她不作画的七年时间里，马丁"写下了很多东西，这是本次展览中非常重要的展品"，丽娜·弗里奇说，"那些文字是非常典型的艾格尼丝·马丁式的，极其精简，极其省约"。事实上，马丁是如此吝惜文字，以

▶▶▶

无题 #5 （1998）

艺术品收藏馆，杜塞尔多夫市，北莱茵-威斯特法伦州，德国

早晨（1965）

泰特现代美术馆，英国

至于她的写作与其说是谈话，不如说是格言。她以如下这些宣言而闻名，像“我的画里既没有物体，也没有时间或者空间，或者任何东西”，以及“美是生活之谜。它并不仅在眼中，它也在心里。它是我们对生活的乐观回应”。如此简单和简省的作品风格对欣赏者提出了相当高的要求，她那些精炼的文字教诲也是如此。

尽管如此，弗里奇却认为，重要的是不要被马丁自己的阐释所吓倒。“虽然艾格尼丝·马丁的文字美且纯净，但我并不觉得她的文字是对她作品的一种解释，而是一件独立的艺术品。我不会让她给我下指令。有人曾称她为‘艺术修女’(art nun)，但事情没那么简单。作为一名策展人，你必须在艺术家所欲所言同自己在艺术品中的所见中找到一种平衡。”

艾格尼丝·马丁当然会尽其所能回避观众对她控制性的目光。她是她自己艺术的持续破坏者。“深思熟虑之后，”弗里奇说，“我们决定将她自己不承认的作品排除在此次展览之外。”甚至在她九十多岁往返于工作室和带有辅助生活设施的住所时，她仍然小心翼翼地毁掉了她认为不具代表性的作品。她的朋友兼艺术经纪人阿恩·格里姆彻(Arne Glimcher)说过，在她去世前的一个早晨，他去拜访她，她“示意我靠床边近点，然后说‘画室里有三幅新画。墙上的那幅已经完成，地上的两幅需要把它们毁掉’。她问我能不能去画室帮她把它们销毁——这是她最后的要求”。

在为这个重要的艾格尼丝·马丁展做整理工作时所面对的某些困难在于，当这些作品被翻印成照片后，最初呈现在画布上的生命力就被窒息了。“当我们着手选择时，发现有如此多的作品都被直接称为‘无题’(untitled)。很难从送来的翻拍照片里真的看出什么。”丽娜·弗里奇说，“复制她的彩色作品很不容易做好。困难的是要复制它们且保留它们的精神，因此复制的作品常常看起来太过苍白与单调。”只有原作才能完整传达。

从远处看，马丁典型的网格铅笔线条似乎非常严整，展现出偶尔的震颤和波动，仿佛是她换了口气，或者有片刻走神。她自身饱含着人性脆弱的那一面被绘进了那些近乎完美的线条之中。再次，靠近，她的油画中明显的浅

▶▶▶

柔粉色和淡灰色散发着朦胧的雾感，其中艺术家的手法和精神不言而喻。这些作品的尺寸都相同——在这点上，马丁的个人特征也很明显。“她一再选用72×72英寸（约182×182厘米）的画布。”弗朗西斯·莫里斯说，“6×6英尺，面积仅比她的身体稍大一点，但其中的每一件都蕴含着她对这个世界的思考。”随着马丁愈发老迈和衰弱，她也相应把作品的尺寸缩小了。她临终前的作品都画在60×60英寸的帆布上，这是她能量和精力在衰退的令人痛心的提示。对于艾格尼丝·马丁作品的策展人而言，总有一个特别的问题需要询问借出画作的人：愿意不带玻璃框借出自己的藏品吗？将马丁的画束缚在玻璃框背后便是把它们散发的朦胧光彩囚禁起来。“我们非常幸运。”莫里斯说，“我们成功说服了大部分藏家将藏品从玻璃框拿出来借给我们。”

马丁创作中断的七年也相应成了展览的自然节点。她1967年前的作品在没有自然光线的画廊里展出。正是在马丁早期创作的空间里，我们发现了她光芒四射以至于近乎炫技的作品《友谊》（1963），画上还带有华美而明亮的锯齿状金叶子。标志着马丁绘画中断期的开始，我们被引进一条狭窄的走廊，这里展出的是马丁1973年创作的一系列名为“晴朗的一天”的网版印刷组画。正是在这条前后相连的走廊里，马丁劝说我们去发现心灵的纯真：“如果你能随着它们，将你的内心保持在同它们一样的空灵的状态，你当下的感受，便是你对这些作品全身心的回应。”

通过 种典型的弗洛伊德阶段式的安排，我们从这条狭窄的长廊被带离并进入明亮的空间，在这里我们发现了马丁后期的作品。正如弗朗西斯·莫里斯所言，马丁在经过50年代用瓶盖、木头、钉子以及捡来的物件进行混合媒介实验的时期，以及1963年异常奢侈且华美的黄金画时期之后，“她似乎已经将自我赶出了她的作品”。顺理成章地，在切除自我之后，艾格尼丝·马丁成功成了一些人心目中的那种极简派艺术家。即便如此，极简主义终究无法准确表达出她那些油画光彩四溢的美感。它们的克制中存在着它们的脆弱，它们的光辉中存在着它们的秾丽，它们的白璧微瑕中存在着它们的人性。■

Mont Jura
Noir Mont
la grande Combe
DEP. du DOUBS
les Charbonnieres
le Pont
l'Abbaye
Combe-noir
VALLEE de JOUX
le Sentier
Chenit

顶级钟表

爱彼：钟表制造大师

HAUTE HORLOGERIE

AUDEMARS PIGUET: MASTER WATCHMAKERS

文字：*Justin H. Min*　摄影：*Adrienne Pitts*

阿米·路易·梅朗（Ami Louis Meylan）每天来爱彼（Audemars Piguet）工作室都穿着西服套装和白衬衫，打领带，戴着黑帽子。在工作台前，就把外套换成工作服。他是一名刃磨师，工作内容是给钟表的机械运转做最后的调整。在手工制表工作的短暂间隙，他凝视着窗外上方的地平线。这间工作室沐浴在阳光中，四周环绕着幕布般的汝山山谷（Vallée de Joux）茂盛的森林和翠绿的草地。梅朗初次将微型制表镜架设在眼前的时刻距离爱彼公司的成立也已有百年之隔，尽管如此，这家公司及其绵延的制表大师的谱系都几乎没有变化。

布拉苏丝（Le Brassus）的村民们掌握着制表业兴盛发达的完美魔法：时间、静谧、耐心以及心灵手巧。瑞士西面汝拉山脉（Jura Mountains）下的这个小村庄气候严酷、土壤贫瘠，在汝山谷的第一波工业浪潮中以其引座服务而闻名。不久，这里的技术精准性也开始名声大噪，从而转变成了顶级钟表的摇篮。日内瓦的制表师也开始依赖此地生产的复杂的机械装置。

也正是在这里，从全世界优秀的钟表师中脱颖而出的22岁的朱尔·路易·奥德马尔（Jules Louis Audemars）与24岁的爱德华·奥古斯特·佩盖（Edward Auguste Piguet）在1875年建立了爱彼公司。那时他们只有在父母家中的一间工作室、一枚注册商标以及一张有效期长达十年的合同。他们的合作持续至今，而奥古斯特是创始家族中健在的最年长的精密钟表制造师。雅斯明·奥德马尔（Jasmine Audemars），公司的现任女董事长，是朱尔·路易的曾孙女，许多奥德马尔家族的其他成员也仍然名列董事会名单。

将传统手工艺同现代科学的精密性结合在一起，爱彼公司每年出产的32 000枚手表中的每一只都是手工打造，批量生产的模型每版不超过1000枚。爱彼是瑞士三大钟表制造商之一，蒂芙尼（Tiffany）和卡地亚（Cartier）一直使用爱彼机件，江诗丹顿（Vacheron Constantin）和清高的百达翡丽（Patek Philippe）身上也能发现爱彼的影子。

虽然爱彼公司在力洛克（Le Locle）和梅林－日内瓦（Meyrin-Geneva）增加了两个生产基地，爱彼钟表绝大部分设计、生产和组装工作仍然在其11 000平方米的布拉苏丝总部完成。这里朴素的室内设计以及隔音屏障将干扰减到了最

▶▶▶

◀◀◀

小。设计和研发团队协力花费三到五年的周期才能将某个灵感转化成一件走动的钟表艺术品。表盖、表带、表盘、指针、上链表冠都从设计素描开始慢慢获得生命，其后经过反复改进，直到外形和功能完美融合在一起。这之后，电脑设计师和艺术总监们合作，考虑到精准的尺寸和规格，将素描变成更具体的视觉图形呈现在屏幕上，最终的模本才得以生成。

在布拉苏丝的工作室里，工艺大师们一丝不苟地静坐着为钟表抛光、倒棱和做装饰。透过工作室两米高的巨型玻璃，柔和的光线从北部照进来，窗外是奥尔布河谷（Orbe River valley）一尘不染的美景。或许，正是这种众所周知的同自然的和谐共处引发了一种猜想，即爱彼拥有高品质钟声是由于钢制音簧在马厩里经过锻造，并且它们的运转是经由最纯净的油滴润滑过的。一旦机械装置的零部件都被小心谨慎地制成，安装这数百个零件的任务便落到某个钟表师身上，并会在两到三个月的周期内完成。钟表师带着外科医生般的精准度开始将特定的某些零件组装在一起，对它们进行测试，然后再将它们拆散以打磨或者抛光某些部位——例如以百分之一毫米的精度校准某个齿轮的锯齿——直到获得满意的结果。这块手表的最终校正是通过一系列各种各样的测试区确保其匀称性和精准性，这之后再装上表盘，指针也被加上去，机械装置被固定在表壳中，最后装上表带。

一只爱彼时计要经过大概六个月才能制成，而此前更是经历了长年的设计、构思和制版的过程。戴上一枚爱彼皇家橡树或者千禧系列腕表便是将一段历史戴在身上。这是数代人坐在同样的工作台后，将他们的小型制表师放大镜装在眼前，手拿着同样的工具，对他们的经营孜孜以求精益求精的结果。正如西蒙·范·布伊曾写道："事实上，时间什么也不是。重要的是其中所蕴含的事物。"对爱彼而言，其中蕴含的是长达140年从未间断的卓越品质。■

书房

完美一角

READING ROOM

THE PERFECT NOOK

文字：*Anders Schonnemann*　摄影：*Nathalie Schwer*

CREDITS

特别感谢

PAGE 125

老式书桌，*Fil de Fer*
大理石球，*Broste*
花瓶，*Georg Jensen*
印刷画，《雾》，*Anne Nowak*
扶手椅，*by Lassen*

PAGE 126

烛托，*Broste*
桌子，*Muuto*
灯，*Anour*
大理石球，*Broste*
脚凳，*Muuto*
毯子，*Broste*

PAGE 127

老式书桌，*Fil de Fer*
灯，*Kroyer - Saetter - Lassen*
靠椅，*Gubi*

PAGE 128-129

古董雕塑，*Fil de Fer*
*Haberli*花瓶，*Georg Jensen*
印刷画，*Anne Nowak*
*Greta Grossmann*沙发，*Gubi*
古董灯，*Fil de Fer*
包豪斯吧车茶几，*Please wait to be seated*
咖啡机，*Muuto*

巴拿马城，巴拿马

PANAMA CITY

PANAMA

9°05’59.4”N, 79°24’18.0”W

巴 拿 马 运 河

连接大洋

PANAMA CANAL

CONNECTING OCEANS

文字：*Richard Aslan* 摄影：*Kate Holstein*

两条蓝色的机械钢臂呼呼地将色彩明艳如儿童楼房似的集装箱装载到货船上，船只搅拌着利蒙湾汤汁般的水体。将货物从大西洋经由巴拿马运河运送至太平洋仍是数千人的生计——虽然使用苦力负重搬运的情况已近乎绝迹。取而代之，工人们操作着起重机穿过可可索罗（Coco Solo）以及科隆自由贸易区集装箱高墙，驾驶着拖车沿新克里斯托瓦尔混凝土岬角两旁的便道往返。轮船的油漆被海水腐蚀得锈迹斑斑，它们沿着看不见的海沟移动，先是往西驶经此地，而后向南进入一片宽阔的入口。

运河在浸水的山丘间前进的每公里都以巨大的人力伤亡为代价。疟疾、黄热病以及疏忽大意等可能的原因加在一起将超过25 000人送进了坟墓，这是初次由法国人发起的挖掘地峡的尝试中绝大多数人最后的命运。从1882年开始，在淘金热中兴起的城市加通（Gatún），后来被简单地重命名为雷赛布城（Cité de Lesseps）的这片15公里长的陆地，是雷赛布伯爵裴迪南·玛利主导的运河工程的中心。然而，到19世纪末，完成了一半的沟渠归于沉寂。他因成功修建苏伊士运河获得的“杰出法国人”的声誉已摇摇欲坠。因巴拿马地区潮湿的气候而受阻的工程、愤慨的媒体和80万名损失惨重的投资人的叫嚣险些将他送进监狱，对他的指控并非过失杀人，而是贪污和腐败。

西奥多·罗斯福在他的首次总统演讲中谈起了要完成这个运河工程的原因：“在这块大陆上，没有哪一项未完成的重要事业对美

▶▶▶

R43
MAERSK
R46

国人而言会具有如巴拿马运河一样的影响力。”单片眼镜和胡须后的他面带怒容。在他的巴拿马海峡计划在哥伦比亚政府遇冷后，华盛顿方面转而支持巴拿马的独立运动。1903年11月，为了支援它的门徒，白色光洁的巡洋舰纳什维尔号开入科隆湾进行直截了当的示威。作为回报，新生的巴拿马政府“仿佛将美国当成它的君主似的”，将一块长80公里宽16公里的雨林交给它强大的北方邻国，去完成令法国人一败涂地的运河，并允诺他们其后对运河拥有“永久的”管理权。即便是一个超级大国的钱包，也因这项工程的巨额花费而缩紧了：1000万美元用于购买土地，25万美元的年租几乎足够再次平息波哥大的愤怒，另外4000万美元用于购买法国在这片土地上的财产。

即使总统命令“快马加鞭”，挖掘进度仍然是令人痛苦的缓慢。地峡运河委员会小心翼翼执行着它的任务，谨防重蹈法国人的覆辙，将总工程师芬德利（Findlay）当成人质似的，坚持对每一个决定都进行核验及复核，且必须全体表决通过。牙买加人对迅猛增长的人力需求充满敌意，法国人草菅人命的记忆仍历历在目，不同肤色的工人的待遇极其不平等的问题仍旧未能解决。第一台比塞洛斯蒸汽挖掘机噼里啪啦地运转起来，大口咀嚼着泥土。然而当生锈的巴拿马铁路被证实无法运送废土时，庆祝迅速沦为挫败。连接两大洋可能会再次失败的威胁在如同风暴云般的成堆的废泥上隐现。医疗总长戈加斯（Gorgas）的进展却颇为顺利。无处不在的蚊群不仅是令人讨厌的东西，更是疟疾和黄热病的携带者，此种看法在当时被认为是荒诞不经的，然而戈加斯却对此深信不疑。他赢得了罗斯福的首肯，将防蚊编队从200人扩充到2000人，并且将埃及伊蚊用烟熏至绝迹。在戈加斯花费了90 000美元用于修建铜质防蚊网以后，由黄热病所造成的大规模的死亡终于告一段落。而直到新上任的总工程师约翰·史蒂文斯（John Stevens）将工人福利和修复铁路当作重中之重，挖掘工作才得以继续展开。

用蛮力在海平面挖掘地峡的计划直到1905年底才被废止。取而代之，最大长达289.56米，宽达32.31米的船体现今可在加通水闸的双通道通行，它的侧面至多与通道两岸擦肩而过。三间舱室可储存30万立方米的水体，将船升高到距加通大坝26米的必要位置耗时超过三个小时。这个浩大的土木工程在1907年完工，又经过了六年，它背后的山谷才被缓慢上升的水流所吞没，造就了当时世界上最庞大的人工湖。船舶们沿着一条谨慎的线路穿行在一片奇异的蓝色水面，其下是被淹没的山峰和森林，每一次笨重的转向都将它们最终引向库莱布拉峡谷（Culebra Cut）。这座梯形山谷是在运河线路上最高的地域开凿出来的，也是泥石流的频发之地。为了这个工程，以之命名的山峰已被超过27 000吨的炸药炸毁。它的消失标志着水位开始向海平面降落，也标志着太平洋蓝色的地平线即将越过佩德罗·米格尔和米拉弗洛雷斯水闸，映入人们眼帘。

1914年8月15日，黑红船身的SS安康号装载着水泥，开始了它大张旗鼓宣传造势的首航。此时距修建这座运河的想法被首次提上日程已过去了将近45年。与此同时，“永久的”管理权在1999年12月31日失效，当地政府对运河的接管结束了长达数十年的紧张局势、愈演愈烈的军备竞赛以及动乱。随着时光的流逝，使用这条水道的船舶数目增长了数倍，世界上无法通过水闸的商业大船队的比例也相应增多。2007年，巴拿马政府开始忙于这座工事自近一个世纪前诞生以来最大规模的挖掘工作。新拓宽的航道应有尽有。每当一条船被送入港口最后的弯道，巴拿马城的郊区便会向东边延伸一点。它讲述了一个由成千上万名劳工的汗水所铺就的故事，他们的来源遍布整个加勒比地区，最远来自于西班牙和意大利。这是一个关于权力、金钱、土地和钢铁的故事。■

“isthmus”（地峡）来源于古希腊语中“ἰσθμός”一词，意为“脖颈”。一条地峡是两头连接两块较大陆地、两侧被水环绕的一片狭窄地带。根据这个定义，整个中间地区就是一条地峡，将北美洲与南美洲相连。但实际上，仅有巴拿马领土内以及尼加拉瓜湖两侧最狭窄的部分被提及。与之类似，整个高加索地区也是一条在黑海与里海之间，连通欧洲和亚洲的地峡，而非洲和亚洲也通过西奈半岛的苏伊士运河连接在一起。在其他地方，马来群岛经由克拉地峡同亚洲大陆相连。同时，奥克兰的一些城市、马尼拉、圣彼得堡和西雅图的部分或全部区域都在大陆被水域包围的脖颈处。

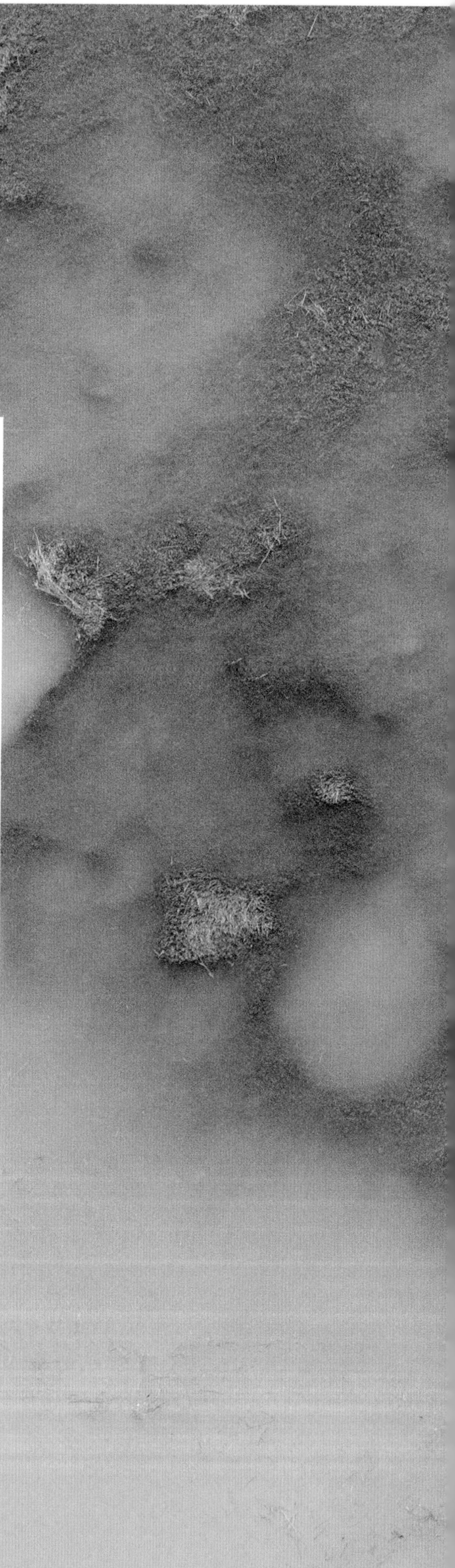

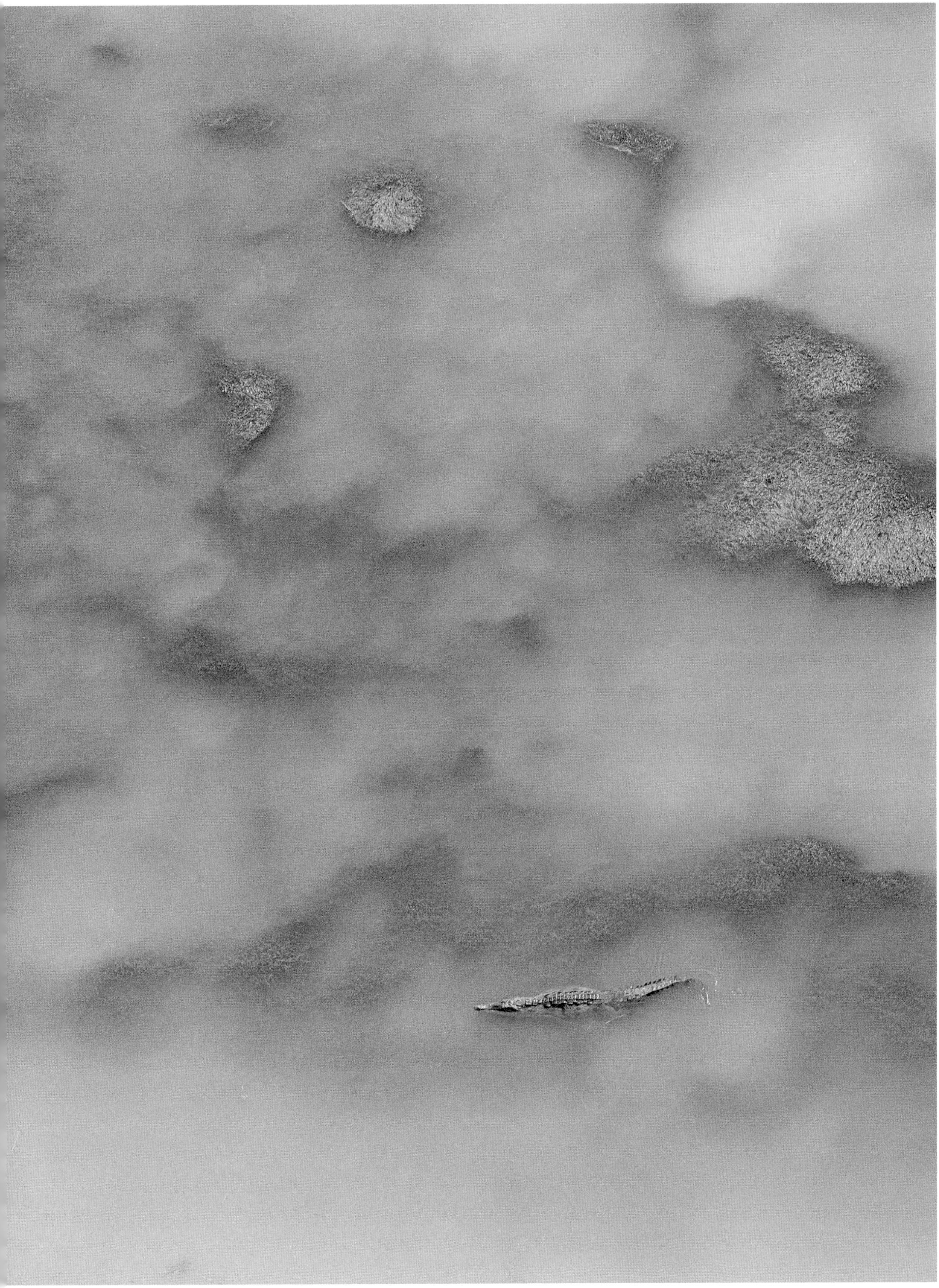

Casco Viejo 老城区

城市之心

文字：*Lily Le Brun*　摄影：*Kate Holstein*

巴拿马城，位于太平洋与大西洋亲吻处以及南北美洲握手的地方，拥有一段凤凰涅槃般的历史。这座城市由西班牙人创建于1519年，它在奴隶起义、地震和毁灭性的大火中幸存，却在一个半世纪前被海盗们夷为平地。逃跑的居民在附近一个更易守难攻的半岛重新安顿下来。此地所在的河口在数世纪后成为巴拿马运河的入口。如今被简单称为“Casco Viejo”（老城）或“Casco Antiguo”（旧城）的这座城镇，在废墟中重建，成了美洲最富庶且人口最密集的地区之一。

巴拿马城在这一带发展起来，这里是巴拿马人生活的中心，也是众多高宅大院与政府大楼的所在地。1917年，巴拿马运河完工后令人兴奋不已的那几年里，巴拿马城的首栋摩天大楼也在这个区域建成。这栋由彼时巴拿马最负盛名的建筑设计师莱昂纳多·维拉纽瓦·梅尔（Leonardo Villanueva Meyer）设计，美洲贸易发展公司投资兴建的六层大楼——美洲贸易大楼（American Trade Building）——是首栋使用钢筋混凝土结构的建筑。巴拿马运河的修建过程中得到完善的技术也被应用其中。这栋新古典主义风格的建筑不仅包含技术最先进的住宅区，也包含广受欢迎的百货商场区。尽管如此，随着时代的推进，许多住在这里的富人们开始移居城郊。优雅的广场崩坏了，宏伟的建筑变成了野草、乞丐和流浪狗的居所。坑坑洼洼的墙壁和支撑着的脚手架成了永久的存在，树木在曾经的舞厅里越长越高。

到2000年，布满涂鸦的美洲贸易大楼成了这里的众多帮派中某一派的聚所。他们利用这个无比优越的据点来控制他们的领地。从前是律师的拉蒙·阿里亚斯（Ramón Arias）最近开始加入复原这座建筑的项目。他对它非常了解，他的曾曾祖父拉蒙·阿里亚斯·费罗（Ramón Arias Feraud）曾是大楼的投资人。“它伫立在老城最重要的商业区的中心，好像一个被遗忘了的地标。”阿里亚斯回忆道。巴拿马城再度起航开始了复兴的循环。2007年，阿里亚斯将美洲贸易大楼列入复原计划之中。“恢复这栋大楼不仅是一个看起来正确的决定。”他说，“Casco Viejo也的确需要一家酒店。”

1997年，Casco Viejo被联合国教科文组织列入世界遗产名录。两年后，美国终于将巴拿马运河和周围领土的主权归还给巴拿马政府。经济上，这座城市再度繁荣起来，而其老城区复兴“全世界最美的西班牙殖民城市”的声誉也指日可待。阿里亚斯是Conservatorio公司，一家在Casco Viejo进行建筑复原的房产公司的合伙人。尽管巴拿马城的大片区域都被全新的建筑物所

▶▶▶

美洲贸易酒店

本页图　**酒店室内绿植**
上页图　**酒店房间细节**

acehotel.com/panama

◀◀◀

取代，这家公司依然致力于修复这个地区的历史建筑，并保持其活跃的多样性。除了酒店、商铺以及奢华公寓，他们也为这里工薪阶层的居民们开发了经济适用房。

作为在Casco Viejo生活了23年的老居民，阿里亚斯说公司面临的最大挑战是“保存旧的遗迹的同时，利用此地独特的风味去创造一个充满活力的新社区，并在这个社区的所有群体中保持某种平衡，让他们都能感觉到一种归属感。和阿里亚斯一起创建Conservatorio公司的是北美人K·C·哈丁（K C Hardin），他见证过迈阿密南海滩和纽约威廉斯堡的迅速转变。他在2012年曾告诉《金融时报》的记者：“那是一段激动人心的时期，但住宅高级化的问题在于，最初吸引人们到那里居住的文化和社区被抛弃了。保存人类的建筑（human architecture），这是我们在这里设法达成的目的。”

2013年，美洲贸易酒店（American Trade Hotel）开业，仍是股东之一的阿里亚斯谈到，保存美洲贸易大楼的原有结构一直都是重中之重。从一开始，复原工作便是“这栋建筑的过去，它的历史和它作为酒店的新角色之间的对话”。它被粉刷成白色的粗糙外墙反映了过去辉煌的历史，而它的内部则被更新，有20世纪中叶的家具利落的线条以及低调的当代色彩，间以印有几何图形的瓷砖和明丽的织物。

这座全新的酒店是Conservatorio公司、Commune Design公司和Atelier Ace工作室共同努力的产物，这支创意团队也参与过很多全球连锁的精品酒店的设计工作。除了美洲贸易大楼以外，他们也在进行Casco Viejo的中心区其他历史建筑的修复。这些建筑孕育了这个作为文化、商业和生态的交汇中心的地区的历史重要性。美洲贸易大厅是一个大型活动的举办地，它所在的大楼最初是花旗银行的分行，是以它在曼哈顿下城的总部为模板设计建造的。这家银行也是巴拿马运河的投资方之一。达尼洛爵士俱乐部（Danilo's Jazz Club）则聚集了当地的精英以及国际音乐家。不论当地农产品的质量如何，但联合咖啡馆（Café Unido）仅采用产自周边地区的咖啡——这被当地人引为奇谈。

在美洲贸易酒店的带动下，博物馆、高档餐厅、奢华公寓和精品店纷纷进驻这片经得住风雨的红色屋檐之下，扩充了这个半岛的人口。尽管如此，那种通常会伴随着住宅高级化而产生的单调统一却似乎离这里尚且遥远。虽然为了抵御可能发生的海盗袭击而建造了巨大的海堤，Casco Viejo本身却很小。仅有三条大道包围着四个世纪以来自然发展的不规则的建筑群。社区的布局——包容而复杂的向海岸扩张的网格状街道——自17世纪80年代以来便基本保持不变了。它催生出某种波西米亚的氛围：绚烂的花朵由窗台泻下，被日光晒得褪色的壁画装饰着剥落的拉毛粉刷的墙壁，音乐声从门口渗出，街头小贩在巨大的彩虹色的遮阳伞下叫卖巴拿马帽。

尽管旅游业有所发展，各处也在建设之中，贫穷仍在巴拿马古老的心脏地带阴魂不散，保护工作也远未完成。改变显然正在发生，但隘巷的这张大网中所囊括的世界的多样性反映了这片区域的历史角色。一直以来它都是一个交汇处，一个交换思想、文化和志向的地方——正是这一点给这里赋予了活力。参与复建Casco Viejo的国际团队反映了西班牙、法国、非洲、加勒比以及美国的影响力在此处的街巷中的共存。正如这个社区本身，美洲贸易酒店承受着运河建成之初的好时光之后接续数十年的衰落的伤疤。“保护Casco Viejo，”阿里亚斯说，“唤起了我们对历史和人性的记忆。”■

独立国家公园

近人的雨林

SOBERANÍA NATIONAL PARK

AN ACCESSIBLE RAINFOREST

文字：*Justin H. Min*　摄影：*Kate Holstein*

在巴拿马运河东岸、巴拿马城以北25公里的地方，有一片面积为222平方公里的茂密的热带雨林。这里便是独立国家公园（Soberanía National Park），一处原始的自然景观。其中包括起伏的山丘和陡峭的山坡，山坡上装饰着苍翠繁茂的藤本植物和皇家棕榈。始建于1980年的这座公园从利蒙一直延伸到加通湖，是超过1300种植物和100种不同的哺乳动物的栖居地。管道路（The Pipeline Road），最初是二战时期为了维护管道所建，吸引着来自世界各地热切的观鸟爱好者。他们定期蜂拥至此地，希望得以一瞥此地525种易受惊的鸟。游客们也可以沿着拉斯克鲁塞斯步道（Las Cruces Trail）行走，这条道路的历史可以追溯到17世纪，那时它被西班牙人用作运送秘鲁黄金穿越地峡的通道。尽管如此，这里并非偏僻荒凉之地，从城市出发开车仅40分钟即可到达。独立国家公园是世界上最易通行的原始森林之一。